El libro de las mentiras

Gastón García Marinozzi

El libro de las mentiras

ALFAGUARA

El libro de las mentiras

Primera edición: julio, 2018

D. R. © 2018, Gastón García Marinozzi

Penguin
Random House
Grupo Editorial

Para Lorenzo y Mateo, las verdades.

A Titina.

Esa es mi familia, no yo...

SAUL BELLOW,
MICHAEL CORLEONE,
El Padrino I

Aquí dentro, en el pecho humano, el mío, el suyo, el de cualquiera, no hay solo un alma. Sino muchas. Pero las almas principales son dos: la verdadera y la falsa.

SAUL BELLOW,
Carpe diem

Porque ese cielo azul que todos vemos,
ni es cielo ni es azul. ¡Lástima grande
que no sea verdad tanta belleza!

LUPERCIO LEONARDO DE ARGENSOLA,
Soneto III

No, no es cielo, ni es azul.

HOMERO EXPÓSITO

I forget to pray for the angels,
And then the angels forget to pray for us.

LEONARD COHEN

Reconocer el poder de la lujuria tanto como
su fuerza, escribir, amar.

JOHN CHEEVER,
Diarios

Que la vida iba en serio
Uno lo empieza a comprender más tarde.

JAIME GIL DE BIEDMA

Parte uno

I

La vida es como un huracán. Nace y muere entre gritos y no se conoce la paz sino en el interior más profundo. Si uno pudiera ponerse en el lugar exacto del vórtice desde donde se expande la violencia del viento, ni siquiera se despeinaría. Allí, hundida, invisible y sosegada, está la ilusión de la vida. Luego, es la lucha salvaje por la supervivencia. Es avanzar dejando atrás la huella de su paso, arrancando las raíces de los árboles, volando los techos, destruyendo el camino. Si uno está en el centro del huracán no puede ver el daño al que se somete a los demás. Piensa, engañándose desde que nace hasta que muere, que apenas sopla una brisa que refresca la existencia. Pero no. Es duro darse cuenta de que uno también es un vendaval destruyendo todo a su paso.

Una mañana desperté y Mía estaba a mi lado. La noche anterior regresamos de la facultad y dormimos por primera vez juntos. Al entrar a la casa, ella fue directo al estudio donde estaban mis cuadros. Por fin los veo, dijo. No había muchos, acaso unos seis o siete, y todos estaban inconclusos. Están increíbles, dijo Mía sacándose el abrigo rojo.

Parecen de verdad, comentó. Le respondí que no eran de mentira.

Allí mismo, entre mis cuadros que no eran ni de verdad ni de mentira, hicimos apurados el amor, sin siquiera quitarnos toda la ropa. Al acabar, continuábamos ansiosos y nos seguimos besando entre el aroma a nuez y a linaza de los óleos y al thinner de los pinceles sucios. Luego regresamos al comedor, abrimos una botella de vino, una lata de sardinas que cenamos con unos tomates asados con un poco de aceite de oliva y orégano.

Sentados uno frente al otro, mirándonos con la timidez de los que se observan y acaban de descubrirse en el sexo, hablamos de lo que siempre hablaba la gente como nosotros en esa época: la guerra de los Balcanes, lo que había dicho el ministro de economía, el libro de Debord que nos había pasado un profesor, cosas así que nos alejaran de la vergüenza de parecer frívolos, pero la verdad es que lo único que queríamos era ir a la cama.

Volvimos a hacer el amor y, al cabo de un rato, nos quedamos tirados, tomados de la mano, sintiendo el fresco de la noche lluviosa que entraba por la ventana. Mía se recostó sobre mi panza, acomodó su pelo por mi pecho y entrelazó sus piernas con las mías. Se había puesto la camiseta del Barcelona que me había traído mi hermana. Le hizo un nudo en la cintura, lo que le remarcaba la figura y los pezones. Prendió un cigarrillo con el zippo que le había comprado a un cubano a la entrada de la facultad. Fumaba pausada, lenta, suave, y yo observaba sus dedos largos mientras seguíamos acariciándonos.

Enganché los dedos de mi mano derecha en el elástico de su bombacha, y en esa natural quietud veíamos la tele, pasando de canal en canal, apretando los botones del control remoto, viendo recetas de cocina, evangelistas obrando milagros, mesas de debate político sobre la dictadura, venta de aparatos de gimnasia y algo de porno inapreciable en esos canales codificados que no pagaba. Yo podía ver sus ojos reflejados en la pantalla de la televisión, iluminados por la escueta brasa del cigarrillo cada vez que inhalaba, y también podía darme cuenta de que estaba dispuesto a enamorarme en ese mismo instante.

Nos quedamos en un canal que estaba dando *El Padrino* y volvimos a acomodar nuestros cuerpos para poder ver mejor la película, sin separar las piernas, ni su pelo de mi pecho, ni mi mano de su cintura. A la vez que nuestras pieles iban encontrando el punto de encuentro de la temperatura, parecía que empezábamos a sincronizarnos en los latidos del corazón. ¿Cuántas veces pasa esto en la vida? ¿Es real? Esto es imposible, me dije. No puede ser verdad. Pero estaba pasando. Tampoco era mentira. Pasó en un segundo, un minuto. Pasó, y ya. En ese mismo momento, en la tele, Vito Corleone acariciaba un gato y le decía a Bonasera: ¿Por qué fue a la policía? ¿Por qué no vino a mí primero?

En el reflejo de los claroscuros de la escena podía ver a Mía fumando. Sentía su peso concreto sobre la piel que cubre mi pecho, mientras enganchaba mi dedo a su ropa interior como quien se amarra a un bote en medio del naufragio. En ese mar, arrastrado, tuve la sensación de que por fin estábamos inaugurando, sin pompas, sin ruidos, el mundo nuevo en el que íbamos a vivir para siempre. Un mundo nuevo que, nos dimos cuenta en ese momento, ya conocíamos de memoria.

En eso, Michael Corleone entra a la boda de su hermana de la mano de Kay. Se sientan en un discreto margen desde el que observan la escena familiar. Se sirven de la jarra y beben. Se ríen. Ella está contenta porque cree entender quién es Michael. Si bien nunca lo sabrá, ahora no sabe que no lo sabrá. Por eso sonríe. Lo mismo nos pasa a todos. Él, hasta ese momento, el joven que había destacado en el ejército, pensaba que el destino y el futuro eran materia moldeable por su propia voluntad. Pero las cosas ocurren en un segundo y se definen sin querer, y la mayoría de las veces sin darnos cuenta. Como ahora yo, que toco a Mía, y que Mía me toca a mí. Las cosas pasan y ya. Como el latido de mi corazón latiendo a la par de los latidos del corazón de Mía. Un segundo, un momento. De esos momentos que crees que nunca van a suceder. Y pasan. Como cuando eliges ser cobarde o ser valiente. Ahora somos valientes. Y cuando intentas preguntarte por qué pasa lo que pasa, no encuentras respuestas, y tal vez solo la mentira tenga una explicación para lo que estamos viviendo.

Lo mismo le sucede a Michael, a este Michael que se llama como yo, que observa todo a su alrededor, y que por un segundo, solo en ese segundo, todo brilla. Ve la luz que se posa sobre él y hace lucir las condecoraciones de su traje militar, la hebilla del cinturón que lo contiene, mira cómo esa luz ilumina la sonrisa curiosa, ilusa, de Kay, el sombrero, el collar de perlas, los lunares en el rojo vivaz de su vestido, los gestos del amor, como debe ser el amor: claros y concisos a pesar de todo; la alegría de la ilusión, las vidas radiantes de dos jóvenes que se miran uno a otro y que ambicionan cambiar el mundo a base de cariño y valor.

Esa luz, esa luz que todo lo hace infinito, pero que de pronto se torna opaca: Michael ve que ahora, en un momento, en otro momento imperceptible del paso del tiempo, ya nada brilla y esa luz también se corre de sus pensamientos y entiende cuál es la única verdad posible. Esta es su familia, él es el hijo de su padre. Busca otra vez la sonrisa de Kay, y sigue intacta. Sonríe, porque solo la mentira le permite sonreír. Sabe que solo puede aferrarse a ella con otro gesto, otro modo, otra vida que únicamente es posible lejos de la verdad.

Respiro profundo como si también lamentara lo que Michael devela. Ahora que estaba viendo otra vez *El Padrino*, y estaba entendiendo, por fin, ese gesto mínimo, esta escena de un segundo, dos segundos, tres segundos en el que el mundo se pone en orden y nos volvemos cobardes. Las cosas son así, pensé, cuando tenía a Mía entre mis brazos casi dormida, Mía que se sobresalta ante mi suspiro profundo y con su mano acaricia mi pecho dando unos golpecitos con los dedos, sus dedos largos, como quien intenta calmar a un animal nervioso, como se calma a los perros cuando ladran asustados por la lluvia. Despierta, me da un beso, y me dice qué lindo que sos, Mike y enciende otro cigarrillo que ahora fumamos entre los dos.

—Acá es donde Michael se da cuenta que nunca dejará de ser un Corleone, le digo.

—Qué suerte, me responde, si no, no tendríamos película.

En la mañana me despertó el aire fuerte que golpeaba las ventanas. Mía seguía dormida, y me levanté a hacer café. Regresé a la habitación con las dos tazas, esquivando nuestras ropas en el suelo, su abrigo, mis Converse, y me quedé observando cómo dormía boca abajo con la camiseta arrugada, con una pierna y una nalga, la del lunar, descubiertas de las sábanas y el edredón. Se había quitado la bombacha en algún momento. Bajé un poco la calefacción. Volví a pensar en esta noche, en cómo nos besamos por primera vez, cómo llegamos a casa, y también en Michael Corleone. Fui al estudio, tomé una libreta y una carbonilla y empecé a hacer varios dibujos y a tacharlos de inmediato: el cuello de Mía, el lunar de su hombro, tenía varios que iba descubriendo, la sonrisa de Al Pacino, la lluvia detrás de las cortinas. Esa sonrisa me salió demasiado benévola, me quejé. Arranqué las hojas y las tiré en la caja de cartón donde estaban las notas de los diarios que hablaban de mis exposiciones que no llevaban mi nombre, de mis cuadros que tampoco eran míos.

Oí un estruendo en la calle. Cayó el anuncio de venta del edificio del frente: ciento veinte metros cuadrados, tres habitaciones con baño privado, roof garden, dos estacionamientos. Vi esos departamentos abandonados y sin estrenar, y me vi sonriente en el reflejo y me pregunté si a mí sí me correspondía al menos un gesto de bondad.

No supe qué responderme, pero igual seguí sonriendo: ahora mismo tenía mis cuadros, tenía a Mía y tenía al viento.

En la cocina había entrado un poco de agua. Durante la noche la lluvia había empeorado. Mía se levantó y puso a calentar el café en el microondas y encendió la radio que siempre estaba sobre la mesada de la cocina. En las noticias hablaban de las fuertes corrientes de aire que estaban arrasando la ciudad desde ayer, que se habían caído varios árboles, carteles, semáforos, que pedían a la gente que no salieran a la calle, que lo evitaran al menos hasta que amainara la fuerza del ventarrón, y que aún no se sabía de heridos, ni de muertos. Que se suspendían las clases, quienes tuvieran, porque la huelga de maestros en la universidad llevaba más de un mes. Que no se pusieran debajo de los árboles. Las sirenas de los bomberos y de las patrullas de policía irrumpían sobre ese soplido feroz. Un huracán en plena ciudad. Increíble, esto no puede ocurrir aquí. Cuándo viste algo así. Pero estaba ocurriendo. En ese momento llamó mi padre, quería saber si estaba bien y si sabía dónde estaba Rodrigo, que anoche no vino a dormir a la casa, me dijo. Seguro está bien, traté de calmarlo, pero se cortó la conversación porque el teléfono dejó de funcionar y a los cinco segundos se fue la luz.

¿Un huracán aquí? Qué cosa más rara, dijo Mía. No me lo puedo creer. Pero estaba ocurriendo. Como ocurren las cosas, sin que nadie sepa por qué. Nunca estuve en medio de un huracán, dijo, emocionada. Salgamos a la calle. Nos vestimos y bajamos corriendo las escaleras. Cuando salimos, una ráfaga casi tira a Mía. Ella se agarró fuerte de mi brazo y empezamos a caminar, a simular unos pasos de baile. Ella era un punto rojo en medio de la tromba y yo giraba a su alrededor. ¿Cómo sobrevive un colibrí a un huracán?, me preguntó. Nos reímos, estábamos empapados, muertos de frío. Mía me besaba. Éramos los únicos en la calle. Un huracán.

Y así empezábamos a vivir juntos; así, atravesando el viento.

II

Conocí a Mía en la facultad, en las primeras reuniones del Centro de Estudiantes. La noche que empezó el huracán era la quinta o sexta vez que nos veíamos. Esa noche acabamos sentados en el suelo y nos dimos un beso. En esas juntadas del Centro, los delegados de varias facultades empezábamos a organizar los escraches. En uno de los encuentros anteriores, Mía nos había contado la historia de un tipo, un señor mayor, de unos ochenta años, que ella conocía muy bien, y que a pesar de que parecía un viejito amable y benévolo, había sido uno de los cabecillas del régimen, de esos que habían producido un daño enorme a mucha gente. Uno podía cruzárselo en la calle, en la panadería, o en la sala de espera del dentista, y ese viejito amable y educado y sonriente traía consigo un historial de decisiones, de asesinatos y de muertes. No era el único. Sabíamos que había muchos como él en la ciudad y en el país. No era un número infinito de miserables. Eran unos veinte o treinta, una élite, pequeña, que podríamos identificar, reconocer, denunciar. Escrachar. Empezamos a usar esa palabra que usábamos para otras cosas, acaso más íntimas o coloquiales, con este tono más político. En nosotros todo era político. No sé quién fue el primero que la usó para esto, pero se hizo muy natural desde el principio. Hay que escracharlo, dijo alguien, ¿fue Pablo?, muy probable, cuando Mía contó por primera vez que había gente como esta libre por la calle.

Esos tipos fueron el cerebro de todo lo que pasó, pero nunca se mojaron las manos con sangre. Habían sido ellos los que sentenciaban a los demás desde la sombra, la profundidad, y nunca mejor dicha esta palabra; eran los verdaderos ideólogos, los que nunca nadie conoció, los que no fueron juzgados, los que no conocieron la cárcel, los que siempre estuvieron por encima como auténticos dioses del horror, superiores a todo: a las víctimas y a los asesinos, pero también a la Historia misma. Lo fueron hasta que les llegó la hora de retirarse, porque otros como ellos, criados como ellos, educados como ellos, formados como ellos, iban a tomar las riendas ahora. Una vez que determinaron qué debía hacerse y cómo, se retirarían a vivir los últimos años de sus vidas en sus casas, con sus sirvientes, sus esposas y sus nietos, para ver en las noticias y enterarse en el diario, o en el paseo en el parque, cómo sus cómplices, esos súbditos suyos que incluso podrían llegar a ser presidentes de la Nación, iban presos o cargaban con la inquina de una parte de la sociedad.

Ellos saldrían a pasear y saludarían a los vecinos con amabilidad, con una sonrisa, se encontrarían con viejos colegas. Comprarían el pan. Esperarían en la sala del dentista leyendo una revista vieja. Alguien más amable les ayudaría a cruzar la calle, les preguntaría cómo se siente hoy, que qué gusto verlo, que tenga un buen día.

Nosotros podíamos hacer justicia. Teníamos diecinueveveinte años, o un poco más, y quién no cree a esa edad que la justicia no depende de uno, formábamos parte del Centro de Estudiantes y pasábamos las horas y los días resolviendo todos los problemas de este mundo. Cuando digo todos, a los diecinueveveinte años, son absolutamente todos los problemas.

Recuerdo ahora ese día. Lo recuerdo ahora, ahora que nada es relevante, ahora que parece que nada importa. Ahora que pasaron algunos años y tantas cosas y la idea de justicia se diluyó o desapareció como el acné y las dudas de la primera juventud y el valor y esas otras cosas que desaparecieron para siempre.

Esa tarde fui el primero en llegar a la facultad, que estaba cerrada por la huelga. Había comido con mi padre, que me había contado que se habían vendido varios cuadros en la galería. Él estaba contento, yo me sentí indiferente. Me dijo que el dinero me lo daba la próxima semana. Me daba igual, no lo necesitaba. Cuando bajé del taxi y entré al edificio donde íbamos a tener la reunión, aún pensaba en mi padre, a pesar de que lo que me llamó la atención fue la oscuridad del pasillo principal. La puerta estaba cerrada, pero con un par de golpes con el hombro pude abrirla. Entré al salón de la junta, y cuando quise encender la luz, el foco estaba fundido. Fui a buscar uno a la salita de mantenimiento, pero no encontré nada.

El día estaba nublado y muy pronto iba a llover. Hacía frío. Mucho frío. Mi padre estaba a punto de engriparse y creo que me pasó algún virus a la garganta. La temperatura estaba a dos grados. Tampoco había calefacción en la facultad. Al rato fueron llegando los compañeros, todos quejándose del clima y de la oscuridad de la sala. ¿No hay luz en ningún lado?, preguntaban cuando entró Mía con un termo de té y un foco, y aclaró que hacía años que no les daban para comprar esas cosas, que los teníamos que traer de la casa. Todos nos arrebujamos alrededor suyo con unos vasitos de plástico para calentarnos. Cada quien sacó algo de sus mochilas. Galletitas, manzanas, bananas, todo en común para la merienda. Yo no llevaba nada.

Bueno, vamos rápido o nos quedamos encerrados acá todo el día, dijo Pablo, pero no lográbamos organizarnos para empezar la asamblea a la que nos habíamos citado. Siempre nos costaba ponernos de acuerdo para cualquier cosa, pero esta vez más, porque estábamos solo ocho de los quince delegados. Mía nos daba té y pedía a todos que viéramos la agenda de temas que tenía anotada en un papel. Empecemos por el arreglo del techo de las aulas que habíamos rebautizado como la Che Guevara y la Agustín Tosco. La Tosco ya no se puede usar, se ve el cielo de los huecos que tiene, y ahora mismo está toda llena de agua, comentó uno de los compañeros.

Discutimos más o menos veinte minutos sobre cuáles serían los pasos a seguir para que los directivos de la universidad emprendieran el arreglo de los techos de estas dos aulas, que desde diciembre pasado habían empezado a ceder en su estructura. Hace cinco meses habían acordado en una asamblea similar a esta que los alumnos ya no asistirían a las clases que allí se dictaran, por precaución y seguridad. En el acuerdo del punto uno de la orden del día de la asamblea, se determinó que El Centro de Estudiantes exige de la manera más enérgica a las autoridades de la universidad que se ordene a los responsables en turno a que se dispongan instalaciones que garanticen la seguridad de los estudiandos y etcétera. Un largo etcétera. Unos cinco párrafos de retórica trillada y aburrida, llenos de frases comunes propias de la más rancia burocracia que decíamos combatir.

Pasó casi una hora en la que solo discutimos las palabras, una por una, para dejar plasmado en el word de la computadora del salón que queríamos que arreglaran el maldito techo.

Los otros cuatro puntos de la lista de acuerdos eran temas más o menos intrascendentes para cualquier desprevenido, pero muy importantes para nosotros: ampliar media hora la atención de la fotocopiadora, organizar un acto de repudio a la guerra de los Balcanes, ver la posibilidad de crear un logotipo para el Centro de Estudiantes y evaluar si se debe comprar un micrófono nuevo, o reparar el existente. Pablo dijo que como yo era el artista del grupo, tenía que diseñar el logo. Mía le dijo que como él era el poeta, que se ocupara del micrófono. Se ve que era un chiste entre ellos, porque ninguno de los demás lo entendimos.

Cada uno de los puntos llevó mucho tiempo de discusión, disputas, complicidades, desarrollo de consideraciones políticas infundadas, e incluso alguno tiró alguna teoría estética aprendida en el primer año, en medio de gritos de Moción de orden, Moción de orden, compañeros. Qué ridículos. Éramos cinco, seis, ocho y nos hablábamos así, delegados, compañeros, como si estuviéramos en el politburó. El politburó estaba en todas nuestras fantasías, incluso las eróticas. Al cabo de un buen rato, cuando el día seguía oscuro y el sol no había aparecido ni aparecería, comenzó a caer una suave aguanieve que tornó la sala aún más helada.

Dos de los delegados, los de Sociología, pidieron un receso en el momento en el que se volvía a discutir sobre el acto de repudio a la guerra de los Balcanes porque de pronto se apagó la computadora y ya tenían hambre. No se preocupen que salvé todo, dijo Mía. Sin embargo, cuando al cabo de unos minutos regresó la luz, la computadora no encendió. Desenchufala y esperá un rato, ya va volver a prender, dijo Pablo. No todos estaban de acuerdo en repudiar la guerra de Bosnia. Discutíamos si debían hacerse dos movilizaciones, un acto a favor y otro en contra, pero los delegados insistían en un receso, porque tenían hambre. Todos teníamos hambre. Votamos para ver si se hacía el receso o no, y ganó el Sí al receso por siete votos contra uno, el de Pablo. La computadora no volvió a encender.

Juntamos dinero entre todos y nos alcanzó para la promoción de pizza y coca cola que vendían en la fotocopiadora de Filosofía. Ellos nunca tenían dinero. Cenamos sin apuro, mientras seguíamos discutiendo sobre el país y el mundo, convencidos de que podríamos cambiarlo con persistencia y con los mismos bríos con los que nos levantábamos cada día. Todo lo que había en esos años era esa pequeña orfebrería de una política rústica, confeccionada a base de ideologías viejas y con más ganas de tener sexo que otra cosa.

Ya era de noche. En este invierno los días son más cortos que nunca. Y, raro, ya no hacía tanto frío. No nos habíamos dado cuenta de las horas que llevábamos allí, y el aguanieve se había convertido en una persistente lluvia que a su vez, en pocos minutos, se había transformado en una fuerte tormenta de granizo y relámpagos que refulgían en el cielo e iluminaban por las ventanas el salón cada vez más oscuro. Algunos de los delegados dijeron que se tenían que ir. Vivían muy lejos y si no salían ya podrían quedarse allí toda la noche. Salieron corriendo bajo el aguacero. Los que no teníamos compromisos familiares o nada que hacer más allá de estas paredes, decidimos esperar a que atemperara el clima.

Por el momento había energía eléctrica, y aunque la computadora no había vuelto a revivir, al menos servía para enchufar el equipo de música en el que poníamos casetes con canciones de King Crimson, Jethro Tull y Led Zeppelin. Con esos insoportables solos de guitarras de cinco minutos le declarábamos nuestra guerra a la trivialidad. Pablo leía unos poemas que decía que eran suyos, a pesar de que todos sabíamos que no era cierto. Eran de Neruda. Pablo hacía esto muy seguido. Siempre leía cosas que decía que eran suyas, pero eran de otros. Si yo era el pintor del grupo, él era nuestro poeta, y también todo en él eran mentiras, desde el largo sobretodo negro de pana hasta las botas verdes de soldado que llevaba a diario, todo era impostado: *sucede que a veces me canso de ser hombre*, decía, y nosotros le respondíamos con risas, y él decía que lo suyo era postmodernismo y tonterías así, y Mía, que era su novia, se incomodaba. Dos delegadas salieron a ver si encontraban algo en la cocina de la facultad. No había nada en ningún lado. Todo parecía abandonado. Se oía la voz falsamente aguda de Pablo retumbar por los pasillos, imitando el acento chileno: *hay espejos / que debieran haber llorado de vergüenza y espanto, / hay paraguas en todas partes, y venenos, y ombligos.*

Estos días no había clases en la universidad. El sindicato había decretado una huelga contra una ley de reforma educativa que proponía el gobierno, y llevábamos seis semanas con las facultades cerradas. Éramos los únicos fantasmas que habitaban el viejo edificio asediado por la tormenta. Éramos los únicos que podían dar quórum para estas discusiones con poca luz e intentar salvar el mundo. O algo. De la cocina volvieron con un foco que sacaron de uno de los pasillos del fondo, por las dudas lo necesitemos, y con un frasco de café soluble sin abrir y una olla con agua caliente. Al menos hay gas, dijo Lucía. El viento soplaba fuerte y se sentía cómo las ramas de los árboles golpeaban con violencia las ventanas, hasta que se oyó un estallido de vidrios en el tercer piso. Reventó la Che Guevara, bromeó Lucía, pero Pablo, altisonante, la miró mal.

El foco nos había devuelto la iluminación por poco tiempo, pero la luz se volvió a ir y ahora la oscuridad era total y el aire estaba poblado del humo de los cigarrillos de todo el día. ¿Y ahora cómo nos vamos? Creo que no nos vamos. La noche se hizo profunda, no dejaba de llover y el viento insistía en zarandear los árboles con violencia. Se oían de vez en cuando algunas sirenas que unos decían que eran de ambulancias y otros decían que eran de bomberos. Discutieron ahora sobre las diferencias de ambas sirenas, pero al cabo de un rato se dieron cuenta de que eran unas y otras las que iban y venían por la avenida que estaba a trescientos metros de ahí.

Pablo leía poemas. Mía y yo fumábamos y la refulgencia grana de los cigarrillos permitía mirarnos de vez en cuando. De pronto, Mía me besó. Pablo no dijo nada y siguió recitando. Al cabo de una hora, cuando paró la tormenta, salimos de la facultad, cada uno por su lado, sin siquiera despedirnos. Pablo se fue con Lucía, y Mía y yo nos tomamos de la mano, y anduvimos unas cuantas calles hasta encontrar un taxi que nos llevara a mi casa a esperar, sin saber que vendría, el huracán.

III

En la primavera hicimos el primer festival con el que pretendíamos recaudar fondos para ayudar a los afectados por el huracán y para financiar nuestra organización política estudiantil. Hacíamos varios de estos a lo largo del año. Eran unos días de lecturas de poesía, que casi siempre leía Pablo, cineclub anti-Hollywood y un concierto de Las Ratas, la banda de Álvaro y Fede que estaba en pleno apogeo. Con pleno apogeo quiero decir que ya eran conocidos más allá del campo universitario. Tocaban en los pubs y en algunos clubes de la ciudad, y una canción suya la ponían de vez en cuando en la radio, por lo que todos estábamos muy orgullosos de nuestros amigos.

Los días previos trabajamos muchas horas para poder organizar los eventos, contratar el sonido, conseguir que en los diarios hablaran de esto, difundir en las radios y repartir volantes por otras universidades y en el centro de la ciudad. Mía era la que coordinaba todo. Tenía una superioridad práctica que los demás asumíamos y acatábamos sin discusión. Pasábamos horas deliberando sobre tal o cual película para el cineclub. Si empezábamos con Buñuel o con Godard, y si era con Godard, con *Bande à part*, o con *Masculin, féminin*. Es decir, si empezábamos el ciclo de películas con Anna Karina o Chantal Goya. Yo siempre prefería a la danesa, sobre todo porque en *Vivre sa vie* se me hacía parecida a Mía, sobre todo cuando fumaba, sexy y resuelta a la vez. Pero Mía también acababa decidiendo sobre estas cosas y elegía cualquier película en la que estuviera Jean-Pierre Léaud, quien, una vez me lo confesó, le hacía acordar a mí.

Seguíamos sin clases por la huelga. El año estaba prácticamente perdido. El jueves comenzó el ciclo de cine, ni con Godard ni con Buñuel, sino con *Los 400 golpes* de Truffaut, que ya habíamos pasado al menos cinco veces. Las proyecciones se extenderían hasta el domingo con películas de, ahora sí, Buñuel y Godard por las tardes; Kiarostami, Sokurov y Tarkovski por las noches. Al mediodía pasábamos películas para niños, que eran los hijos de los empleados que andaban por ahí. Entre película y película, leíamos a Girondo, Neruda, Paz, Pizarnik, y al propio Pablo, por supuesto, y bebíamos cervezas. Vendíamos coca cola, pasteles, galletas y sándwiches de miga. Y vendíamos bien. A veces yo hacía unos cuadros pequeñitos para exponer, algo muy simple con paisajes andinos, de montañas coloridas, que la gente compraba. Con todo eso podíamos pagar los gastos y guardar algo para financiar la Lucha. La Lucha que habíamos emprendido y con la que cambiaríamos el destino de la sociedad, concientizaríamos a los ignorantes, iluminaríamos a los legos. Era Nuestra Lucha, así en grande, porque nosotros hablábamos en mayúsculas, como cuando decíamos la Revolución, o no hablábamos.

La Lucha precisaba de dinero para financiarse, gastos en papelería, sonido y gasolina. Y nos iba bien en estos festivales. Se llenaban de gente que quería ilustrarse con las películas francesas, porque si hay algo que no acaba nunca es el esnobismo y nosotros teníamos una maestría en ello, o querían bailar con el rock tipo Pearl Jam de Las Ratas. Desde hace un tiempo la universidad era nuestra, de todas maneras a los profesores no se los veía nunca porque estaban casi siempre en asamblea o en huelga, las aulas estaban vacías. Nosotros habíamos irrumpido en la abulia del predio y pensábamos asaltar la ciudad para desenmascarar a los delincuentes y denunciar a los cómplices.

Los cómplices para nosotros era este grupo muy específico de personas. Unos pocos ancianos de los que casi nadie conocía sus rostros, que nadie había visto en los últimos diez años y que nadie sabía dónde vivían. Mía conocía muy bien a uno, y a partir de allí nos dimos cuenta de que serían muchos los que estaban en esa misma situación. Sabíamos que vivían tranquilos y en paz, ajenos a cualquier acto de justicia. Sabíamos que eran nuestros vecinos, que iban tranquilos a pasear al parque y a vivir en la garantía del anonimato.

Yo conocí a Eugenio en la sala de espera del médico. Mía me había hablado de él, aunque sin demasiados detalles. Una vez estaba esperando que me atendiera el doctor y entró un señor mayor, de caminar pausado y lento, pero seguro. La primera vez hablé poco, porque lo que menos se hacía en la sala de espera de ese médico era hablar. De hecho, los que íbamos allí era porque si algo no podíamos hacer bien era hablar. Pasaron dos o tres semanas hasta que me di cuenta de que podía ser él. Le conté a Mía, y una vez que me acompañó hasta la consulta lo vio desde la esquina y me lo confirmó. Ese era Eugenio. Y de él nos íbamos a ocupar.

Cada semana veía a Eugenio. Compartíamos oncólogo y poco a poco íbamos charlando de muchas cosas en esa sala de espera. No hablábamos mucho, pero sí comentábamos las noticias de la tele o alguna cosa trivial, porque siempre estábamos los dos esperando al médico. El resto de los días organizábamos en la facultad cómo atacarlo. Cómo denunciarlo. Pero sobre todo, necesitábamos investigar y saber cuántos eugenios había por ahí. Hasta ese momento nadie los conocía. Fueron los que habían diseñado el plan maestro, ordenando los secuestros, los asesinatos, los que importaron las torturas y las perfeccionaron. Fueron toda la corrupción a la sombra. Cuando el régimen cayó, ellos no fueron acusados ni reconocidos. Simplemente se jubilaron y continuaron con su vida, con sus familias y sus casas, sus viajes, impasibles ante las condenas que les caían a sus subordinados. Sus manos estaban limpias porque nunca habían tocado la sangre, pero sus ojos, quién lo sabe, tal vez jamás borrarían aquello que habían visto, ni sus lenguas se habrían quitado el mal sabor de las órdenes que daban sin gritar. Un hombre bueno todo mundo sabe qué piensa: el bien, así tan simple. Pero de un hombre malo, de un asesino o un mentiroso, nadie sabe qué misteriosas ideas pueblan su cabeza, qué emociones guían su alma. Eso nadie lo sabe.

No sabíamos si dormían tranquilos, tal vez sí, tal vez no. La conciencia del hombre es algo extraño. Acaso en las horas finales la conciencia se vuelva una cuestión apaciguadora y olvidadiza. En otros casos, será un martillo insufrible llamando a la muerte. Como sea, me inclino a pensar que hay un momento de placer al final de la existencia, se me hace lo más justo. Siempre habrá algún algo que te trae el insomnio, un miedo a la muerte que te despierta, el olor de un amor, el abrazo y el tacto de quien dejamos atrás, un sabor de la infancia, incluso la simpatía de un perro viejo que nos salta al atravesar la puerta de la casa una noche de verano. Un sentimiento mucho más básico, más allá de todos los asesinatos que hayas mandado acometer.

Eugenio era un hombre al que nunca podía verle los ojos porque siempre los estaba moviendo y cerrando. Eran claros, casi transparentes, y eso hacía contraste con su piel oscura. Sin embargo, no podía verse nada inquietante allí, como podría pasar con otros que no pueden sostener su mirada. Sus manos siempre estaban pulcras y tiernas como las del abuelo que acaricia a sus nietos con verdadero amor, o mucho más tiernas y desesperadas, como aquellas del pobre anciano que acaricia el sexo de una amante joven.

Pero si algo veías de Eugenio a metros distancia era la lengua, que casi siempre la llevaba fuera de la boca. Era una brasa que le asfixiaba la garganta y el paladar. Me preguntaba cuántas maldades habrá proferido esa lengua ahora podrida. Cuánto de real justicia hay en el hecho de que la lengua del hombre que con sus palabras determinó la vida y la muerte de tantas personas ahora esté muda y putrefacta, a punto de carcomer el resto del cuerpo y acabar con su historia.

Más allá del cáncer, Eugenio tenía una buena vida. Y a medida que lo conocíamos mejor, al menos yo, porque ese era mi encargo principal en esta lucha, la duda seguía siendo cuántos eugenios había en la ciudad, caminando tranquilos, comentando el clima con el albañil de la esquina, saludando amablemente a sus vecinos, siendo solidarios con las pequeñas causas, viviendo una vida que no los obligaba a pagar con la justicia, ni con la vergüenza.

Así que, a raíz de la historia que nos contó Mía y mi descubrimiento absolutamente casual de Eugenio en el consultorio del médico que atendía su cáncer y mi tumor, decidimos estas acciones que llamamos escraches desde un principio, porque alguien la usó, tal vez Pablo, y nos pareció normal esa palabra, y queríamos detectar dónde vivían estos tipos, localizarlos y marchar hasta sus casas y denunciarlos, *escrancharlos*. Al principio éramos solo nosotros, unos veinte, todos estudiantes. Llegábamos al lugar, y empezábamos a repartir fotocopias con la cara del hombre en cuestión y el lema "¿Usted sabe quién es su vecino?". Debajo, el prontuario: el lugar que había ocupado en el régimen, el cálculo aproximado de personas a las que habría mandado secuestrar, torturar y matar. La cantidad de causas por las que la policía debería detenerlo y meterlo preso. Mía llevaba el megáfono y gritaba ¡cómplice, asesino!

La primera vez fue a un médico. Luego hubo otros. Esas primeras veces, los vecinos se acercaban incrédulos y nos gritaban que nos fuéramos, que dejáramos al pobre señor en paz. Que de ninguna manera podía ser el asesino que acusábamos. Que nos fuéramos. Y llegaba la policía, y nos echaba.

Pero volvíamos a las pocas semanas. Íbamos a otros lugares, a otras casas, a otros viejos. Un par de meses después, nuestros escraches ya eran famosos y salíamos en la tele. Mía con el megáfono, su musculosa ajustada, el pelo al viento, el lunar del cuello protegido por un pañuelo. Todos con los puños en alto. Yo iba detrás de la camioneta, medio escondido, tal vez cuidando la retaguardia, dirigiendo al grupo y dando órdenes por si había que salir corriendo. Estábamos en la tele. En los diarios. Hablaban de nosotros en la radio. Entrevistaban a Mía. Era nuestro cuarto escrache y ya todos estaban expectantes de ver qué iba a pasar, a qué viejo íbamos a descubrir, cuánto nos iba a pegar la policía. Cada vez éramos más. Más estudiantes y más policías. Los vecinos nos veían llegar atónitos. Hacíamos mucho ruido, poníamos música en los altavoces en una vieja camioneta que iba a paso lento con los parlantes y las banderas. El clima, a pesar del enojo que acaso sobreactuábamos, porque todo lo sobreactuábamos, era de alegría. Queríamos hacer una fiesta de la justicia, como tituló Pablo uno de sus poemas, uno de sus peores poemas, lo cual ya es mucho decir.

IV

Un sábado antes de navidad llamó mi madre para decirme que papá nos quería ver a todos mañana en el desayuno, que no se me ocurriera faltar. Que era muy importante. No noté nada extraño en su voz, siempre como apagada, que pudiera anticiparme qué pasaba. Le quise contar de Mía, yo estaba tan entusiasmado con todo esto que, aunque no hablara mucho con mi madre, necesitaba contárselo, pero ella me dijo que ahora no tenía tiempo, que tenía que avisar a mis hermanos del desayuno de mañana, pero se alegraba de que hubiera conocido a una chica bien.

—Tenemos que cerrar. Vamos a cerrar. Se acabó todo —lanzó papá una vez que los hermanos nos sentamos en la mesa del restaurante.

—¿Todo? ¿Eso qué quiere decir? ¿Qué estás diciendo? Todo no puede ser —dijo Julia.

—Todo, hija. Todo. No hay nada más. Ya no tenemos nada.

Papá nos pidió ese domingo que desayunáramos juntos. Nos citó en el restaurante privado del Sheraton, como cada vez que tenía que decirnos algo importante. Allí mismo, alguna vez, nos narró parte de la historia de los abuelos y todo lo que le habían dejado, otra que había comprado una casa en el country, un año nos contó de las ganas que tenía de comprar un castillo a buen precio que había visto en Francia en uno de los viajes que habían hecho con mamá. Una vez nos dijo que el presidente lo llamó para ofrecerle un ministerio. Allí nos dijo cuando éramos chicos que nos íbamos de viaje a Europa. Dos meses, a hacer lo que quisiéramos. Al final los hijos no fuimos, solo fueron ellos. En esa misma mesa nos contó que se separaba de mamá, y en otro desayuno nos dijo que volvía con mamá. Hubo uno, lo recuerdo bien porque cayó nieve en la ciudad, cosa absolutamente extraordinaria, en el que decidió que mamá estaba enferma. Ahí celebramos comuniones, confirmaciones, primeros días de clases, últimos días de clases. Allí, incluso, nos contó a todos que Julia "ya era mujercita". Mi hermana había menstruado por primera vez y papá quiso anunciarlo ante toda la familia para vergüenza de la pobre Julia, que se ofuscó y no volvió a hablar en todo el desayuno. Déjenla, típico de mujer. Así se pondrá ahora cada mes. Y ahora nos estaba diciendo a mis hermanos y a mí, sin mamá, porque mi madre no había venido y nadie preguntó por qué, estaría enferma, nunca lo cuestionábamos, que cerraba todo.

Tenemos que cerrar, dijo antes de pedir siquiera el café. Cuando se acercó el mozo a servirnos el jugo de naranja, papá le pidió que volviera en cinco minutos. Sin dejar de leer la carta del restaurante, mientras sus ojos repasaban el menú de los desayunos especiales que preparaban los domingos para cónsules, ministros y empresarios como mi papá y sus familias que ese fin de semana no salíamos de la ciudad, nos dijo algo así como Se acabó todo.

Rodrigo no dijo nada, estaba callado y con un fuerte dolor de cabeza. No se quería sacar los auriculares, pero Julia, que siempre hacía de su mamá, lo obligó. Está con resaca, me dijo en voz baja, no sabes lo que fue anoche la fiesta que hizo en casa. Julia le preguntó a papá qué quería decir. Qué era eso de que se acabó todo.

—Estamos fundidos, hijos. No tenemos más nada.

—De la fábrica ya nos imaginábamos. Pero ¿los campos? ¿La galería? ¿Los departamentos? ¿El castillito?

—Nada, Julia.

—¿Y qué vamos a hacer, papá?

—Ponerse a trabajar —dijo Rodrigo mientras se acomodaba la gorra.

Yo reí pero Julia me miró furiosa. Vi a mi padre, con su saco blanco y su camisa de seda rosa, que no parecía más preocupado que por decidir el desayuno. Julia lloraba y entonces la tomé de la mano, le dije Tranqui, Juli, y eso la calmó. Me quiso abrazar, pero nosotros nunca nos habíamos abrazado.

—¿Mamá por qué no vino? —pregunté.

—No se sentía bien —dijo Julia—. Debe estar enferma.

Nunca sabíamos nada de mamá. A veces parecía que no existía. Papá levantó la vista, se sacó los lentes de leer, los guardó en el bolsillo de afuera del saco junto al pañuelo y cerró la carta. ¿Qué van a comer?, dijo como si nada. Yo quiero hot cakes, dijo Rodrigo.

—Vamos a tener que vender rápido todos los cuadros, Mike.

Julia pidió unas medialunas y yo pedí un licuado, porque con el tratamiento que me estaban haciendo no podía comer sólidos todavía.

—Ya subiste un poco de peso, mijito. Qué bien. ¿Ya estás comiendo de todo?

—Sí, de todo. Ya estoy normal.

—El otro día vi al doc, me lo encontré en el club y me contó lo buen paciente que saliste. Yo no tenía dudas. Tenemos que celebrar que esto se acaba pronto. Me dijo que le diste una de tus pinturas. Qué bien, hijo. Y qué bueno que nunca se te cayó el pelo. Vos también engordaste bastante, Julia, ¿qué te pasó?

—¿Alguien sabe algo de Isa? —preguntó Rodrigo.

Papá hizo silencio y bajó la mirada. Isabel, nuestra hermana mayor, se había ido a vivir a Barcelona, y hacía dos años que no sabíamos nada de ella. En la última carta, que le escribió a Julia, le dijo que estaba bien, que siempre iba a estar bien si es que estaba alejada de la familia. Todos los demás, sin comentar nunca nada, hasta este momento en este desayuno que Rodrigo dijo falta Isa, no habíamos pronunciado su nombre, y tal vez, no lo sé, ni siquiera habíamos pensado en ella.

Ahora sí trajeron el café, los jugos, la leche, las medialunas. Otro camarero le trajo el diario a papá. Él fue pasando las páginas, rápido, leyendo por arriba unas notas sobre la explosión de una fá-

40

brica militar en Córdoba, hasta llegar a la sección de deportes donde había una foto del Tiger Woods como la promesa del deporte en los Estados Unidos. Leyó la nota con una sonrisa: este negro sí que va a ser bueno, comentó para nadie. Dobló el diario y lo sacudió hacia arriba para que de inmediato viniera el mozo y se lo llevara.

—Esta semana el contador los va a llamar para ordenar papeles. ¿Cuándo pueden? ¿Pueden el martes a la mañana?

—Yo sí —dije.

—Yo rindo el martes —dijo Julia.

—¿Yo tengo que ir? —interrumpió Rodrigo.

—Sí —dijo papá

—No —dijo Julia.

—Entonces no voy —dijo Rodrigo.

—Sí, sí tenés que ir. Vamos a repartir algunos departamentos entre todos. Y a vos también te tocan, aunque no puedan estar todavía a tu nombre.

—¿Y qué va a pasar con la casa? ¿La fábrica? ¿El castillo?

—El castillo nunca existió, Julia. La fábrica está a sus nombres, así que hay que ordenar eso. Va a venir el abogado para que vean que no corren ningún riesgo…

—¿Riesgo de qué? ¿De ir presos?

—¿Vos no vas a estar, papá?

—No, yo me voy esta noche a Uruguay.

—¿Hay que avisarle a Isa?

—No, Isa no tiene nada que ver con todo esto.

Hablamos poco más. El resto del desayuno fue interrumpido por los regaños de Julia a Rodrigo y los tipos que pasaban a saludar a papá, o las veces que él se levantaba para saludar a alguien.

Salimos a la calle y se había levantado un aire fresco. Acá ni los veranos sirven, dijo mi padre, estirando el brazo para parar un taxi. Mis hermanos y yo nos miramos solidarios, condescendientes, acaso palpando el vacío, algo así. ¿Te llevamos?, preguntó mi hermana, pero le dije que no, que el subte me quedaba a unas cuadras y que además quería caminar un poco. ¿Cómo está Mía?, preguntó Rodrigo, mandale un abrazo. El chofer se acercó a la entrada del hotel y ellos subieron al coche. Rodrigo me volvió a saludar sonriente, pero Julia miraba hacia el otro lado, estoy seguro que estaba llorando.

Caminé tranquilo. En las calles aún se veían algunos de los desastres del huracán de meses atrás. Entré a la peluquería de unos mexicanos que se habían instalado en el microcentro y que estaba vacía. No había querido raparme para no llevar el cartel de Tengo cáncer, pero ahora que ya estaba casi curado, quería sentir la cabeza totalmente rasurada. Sentado en el sillón y, con el delantal verde ya puesto, me ofrecieron un té. Agradecí y lo trajeron con unas masitas sabor a jengibre.

—Cortame corto.

—¿Qué tan corto?

—Todo corto.

—¿Seguro?

—Empezá por la coleta. De una vez. Mejor rapame.

Vi por el espejo cómo se desprendía la gomita que mantenía unido el largo del pelo que ya estaba tirado en el suelo. Lo observé por última vez y agarré la revista que tenían sobre la pequeña mesa de trabajo. Era una agenda de actividades culturales del barrio, y destacaban en la portada la exposición mexicana en el Museo de Arte Contemporáneo.

Cuando acabé de leer, volví a verme en el espejo y ya no tenía la cabellera que anoche me había lavado Mía con ese champú de almendras que compraba en una boutique cerca de acá. Ahora quíteme la barba, por favor. Me largué a reír porque de pronto me parecía a Rodrigo o a mamá cuando era joven, o a los dos. Más narizón. No sé si era yo. Gracias por el té, dije y pagué con un billete grande.

—¿No tiene más chico? —dijo el peluquero.

—Quédese con el vuelto —respondí en un ataque súbito de generosidad, cosa extraña en mí.

En la calle me crucé con una pareja de hombres que hablaban de Tiger Woods, y me pregunté quién era y desde cuándo a la gente de este país le importaba tanto el golf. Frente al museo había una manifestación de estudiantes que declaraban la solidaridad del pueblo con la represión a un intento de huelga estudiantil de México. Tuve el instinto de sumarme porque todo reclamo, toda causa eran mis reclamos y mis causas.

Pensé si habría venido Mía, no me había comentado de esto. Vi a algunos conocidos, no eran de nuestra facultad, y pensé que nadie me reconocía sin la cabellera y la barba. Apuré el paso, entré al museo, pedí un boleto con descuento de estudiantes. Para estudiantes hoy es gratis. Mostré la credencial y la señorita me preguntó si era yo. A pesar de que no me creyó, me dejaron pasar. Lo primero que vi fue un cesto de basura, uno de esos enormes tachos de metal en el que pedían que dejaran los cigarrillos, bebidas, comidas o cualquier residuo que no podía entrar a las salas. Me vi en la foto y yo tampoco me reconocí sin tanto pelo. Agarré la credencial de estudiante y quise romperla pero no pude, era de plástico duro. La doblé con fuerza y la tiré a la basura.

Entré al lobby y me sorprendió un enorme bicho, una especie de monstruo enorme de cartón maché, con cabeza de dragón, patas de pájaro, alas de águila, lleno de colores. Una belleza perturbadora. Quería que Mía estuviera ahí. Pensé en las drogas que todos alrededor consumían, porque esto parecía puro narcótico. Yo solo las conocía porque me gustaba estudiarlas en libros. Todo lo que sé de alucinaciones, psicotrópicos, estimulantes, lo sé en la teoría, jamás me permitiría experimentar con mi propia cabeza. Para eso pinto. Aunque pinte para otros.

Más allá había otro animal, que era un pez con patas de cerdo. Y otros más, todos deslumbrantes. Así fue como conocí los alebrijes mexicanos. Estaba fascinado. Me senté a observar los bichos, los colores, las formas, las tramas que se repartían por toda la pieza. Saqué la libreta y empecé a hacer esbozos de estos animales.

Luego recorrí las salas dedicadas al arte mexicano y oí que el guía se preguntaba, soberbio, frente a un grupo de señoras: ¿Arte o artesanía?

Al cabo de unas horas, salí del museo y oí que me llamaban. ¿Mike?, gritó Pablo. ¡¿Mike?! Decían los demás intentando reconocerme y saludándome. Me acerqué a los compañeros de la universidad, que recién habían acabado su marcha.

—Les dejamos un mensaje para que vinieran a dar una charla a los compañeros.

—No lo vi, no sabía que esto era hoy.

—¿Qué pasó con tu pelo, Mike? —preguntó Lucía entre risas.

Todos nos reímos.

—¿Ya te vio Mía? Te va a matar.

—Por cierto, ¿sabes algo de Mía? No sabemos nada de ella desde el martes.

Lucía me pasó la mano sobre el cráneo rapado.

—Raspa, dijo. Te queda bien.

Nos miramos y alcancé a tocar la mano de Lucía que todavía estaba en mi cabeza.

—Vamos a tomar algo. ¿Venís?

—No puedo. Mejor la próxima.

—Ponete un poncho que hace frío —me gritó Pablo, burlándose.

V

Mía y yo ya llevábamos trece meses viviendo juntos. Durante este tiempo aprobé unas pocas materias, a diferencia de ella que casi se había sacado todo el año en exámenes libres. Cerrados los negocios de mi padre, entre ellos la galería donde vendía mis cuadros, ahora pintaba para un estudio de Callao que mandaba todo lo que hacía a Montevideo. Mi familia iba acomodándose a su manera. Julia se fue a vivir a Canadá, y al igual que Isa, aunque sin decirlo, pidió que no la contactáramos más. Solo quedábamos Rodrigo y yo, pero mucho no nos veíamos. Yo imaginaba que la situación en esa casa con mis padres se había puesto peor que nunca, lo que ya es mucho decir, y no tenía idea de cómo sería la vida de mi hermano en esa realidad.

Mía y todos los chicos de la facultad seguíamos organizando escraches a los ex militares, conciertos de grupos nuevos y ciclos de cine, sobre todo el iraní, la moda de esa temporada. Casi todas las semanas marchábamos por alguna causa, y aunque veíamos que ninguna de nuestras acciones mejoraba un ápice el mundo, ni el mundo ni nada, ni siquiera lográbamos que en la facultad hubiera focos de luz o arreglaran los techos, no nos desanimábamos y nos justificábamos diciendo que los resultados de esta revolución, esta Revolución, los verían las próximas generaciones.

Mía y yo pasábamos mucho tiempo juntos en casa. Física y emocionalmente vivíamos pegados, y todavía disfrutábamos de eso. Veíamos películas, leíamos, estudiábamos francés. Nos reíamos; Mía era una de las personas más graciosas del mundo. Ella estudiaba, traducía un ensayo sobre *Una excursión a los indios ranqueles* de Mansilla. Pero lo que más hacía, de manera obsesiva y casi secreta, era escribir en unas hojas sueltas algo que llamaba su libro y que me prometía que alguna vez iba a poder leer. Había algo importante en esas hojas que se iban acumulando, algo que yo nunca supe ver. Había días, después de escribir que quedaba hecha una furia, llorando de tristeza. Otros días, la escritura la dejaba en estado de éxtasis y de felicidad, o a veces simplemente terminaba exhausta en la cama, sin siquiera hablar.

Yo pintaba en el estudio. En la sala había un equipo de música y en mi estudio un discman, con los que poníamos discos y a veces jugábamos al Mátame esta, un juego que Mía me enseñó que consistía en poner una canción mejor que la anterior. Teníamos muchísimos discos, y nos divertíamos mientras intentábamos concentrarnos en lo nuestro.

Nunca hablábamos del futuro, excepto en sentido colectivo. Ella y yo éramos el amor presente.

A Mía le preocupaba Rodrigo, pero yo nunca quería hablar de eso, y no le hacía caso cuando comentaba que ese pobre chico de diecisiete años vivía en ese infierno familiar y le cambiaba de tema.

—Es inteligente y va a salir solo. En cuanto acabe el secundario ya va a poder irse y hacer lo que quiera.

—¿Vos le vas a dar la plata de tus cuadros?

De eso nunca vamos a hablar, le advertí a Mía, y las veces que discutíamos tenía que ver con el dinero y los cuadros.

Ese tipo de peleas solía llevar a otros temas. Mía me acusaba de parecerme a su padre. Yo nunca entendí esa acusación, y francamente no sé qué quería decirme. Me bastaba con imaginar que el hombre este al que no conocía era un hijo de puta. Mía no me insultaba, solo me decía que era como su padre, y lloraba.

Luego empezaba a decir algo así como que a ella no le iba a pasar lo de su madre, su pobre madre, resaltaba, pero no acababa la idea ni la frase y gritaba con desesperación.

Mía descargaba su bronca y su odio contra mí, contra la historia de sus padres, la suya propia, en unos cuantos minutos, estallaba con fuerza volcánica, pero bastaba con que viera mi gesto de retirada, mis banderas de rendición y fuera a abrazarla en silencio para aplacarse, porque en ese momento ella se dejaba abrazar, porque parecía que todo su enojo tenía como fin todo eso. Yo la sujetaba contra mí con mis brazos que parecían gigantes alrededor de su cuerpo, y ella recuperaba la sonrisa, la paz, la mirada, esa mirada simple y determinante a la vez, algo melancólica pero vital y siempre chisposa. Mía, única, eterna, es la mirada que explica que el mundo vale la pena y que el amor es posible.

Allí, en esos momentos, ella suspiraba angustiada por última vez y me pedía que no me pareciera a su padre, que nunca fuera como su padre, y yo seguía sin saber qué quería decir con eso, pero no me atrevía a preguntarle y ella se dejaba abrazar, liviana, fútil, y volvía a sentirse segura y contenida, no por mi abrazo, no, sino por el amor y la paz que hacía que ella fuera todo eso, fuerte y poderosa, amorosa y llena de vida, dueña del mundo, y con los ojos más lindos que ahora me miraban como solo esos ojos podían mirar, y eso era tan maravilloso que sentíamos que teníamos razón y éramos valientes, y que podíamos con todo, con absolutamente todo.

Una noche estábamos en casa, acabábamos de discutir, de abrazarnos, de llorar, de intentar contarme lo de su madre y no hacerlo, de hacer el amor, de reírnos con sus imitaciones, nos reíamos muchísimo cuando imitaba escenas de películas, de todo eso que solía ocurrir en esta etapa con Mía, cuando oímos que tocaban el timbre con desesperación y pidiendo a gritos que le abriéramos. Era Nati. Al entrar nos contó que la policía la estaba buscando, que el Profe había tenido un terrible problema.

Nati llevaba desde hacía un tiempo una relación con un profesor del primer año, un tipo con ínfulas políticas, cuya principal misión en esta vida era introducirnos a todos los alumnos en la lucha social y era el artífice de la política que practicábamos con tanto empeño los estudiantes, el que nos leía a Mao, a Guevara, a Von Clausewitz, a

Lefebvre. Su otro objetivo, a la par de convencernos a todos con sus diatribas y hacernos salir a la calle, era acostarse con la mayor cantidad posible de alumnas. Natalia era una de ellas. Ahora Natalia estaba parada y gritando en la puerta de la casa mientras yo me ponía una camiseta, diciéndonos que se habían llevado al Profe. Los milicos se lo llevaron, los milicos le inventaron todo esto, y ahora lo secuestraron, lo van a desaparecer. Esas cosas ya no pasan, le dije. Mía intentaba calmarla, le preparó un té mientras nos iba contando. Estaban en su casa cuando llegó la policía a buscarlo.

—¿Policías o milicos? —le pregunté.

—Es lo mismo —dijo.

—No, no son lo mismo.

Mía me pidió que me callara para que nos pudiera contar bien lo que pasó. Lo peor, dijo Natalia, es que era el propio hermano quien fue a detenerlo. El hermano es policía, ¿sabían? Le abrí la puerta y se quedó ahí parado, con los ojos humedecidos. Le temblaba la boca, y le dijo a él, precisamente a él, que debía acompañarlo. Lo siento, hermano, tenés que acompañarme, le dijo con la voz entrecortada y con tonada cordobesa. Eso lo hacía un poco gracioso pero entiendan que todo era muy trágico. Yo también soy cordobesa y sé que les doy risa cómo hablo. Nunca había visto un milico emocionado. El Profe estaba sentado de espaldas a la puerta, por lo que no pudo ver a su hermano cuando entró. Se puso de pie pero no giró, hay cosas que mejor no ver, debe haber pensado. El hermano es grandote igual que él, pero no tan morocho. Yo sí lo vi entrar. Ya saben que yo siempre me siento de cara a la puerta y me molesta que los demás no lo hagan. Es lo que recomienda el feng shui, por eso yo organicé toda mi casa así. Todos los muebles están acomodados según el feng shui, para que las energías negativas que pudieran meterse del exterior rebotaran en el recibidor, sin más. Pero si algo falla y la mala cosa entra y continúa desperdigándose por el hogar, no hay que darle la espalda. Nunca la espalda. Por eso en la cocina puse esos espejos con dibujos de verduras grabados al relieve. El espejo es el objeto que siempre va bien para que rebote la mala onda y se autoelimine.

Pero qué pasó, Nati, por favor calmate, le dijo Mía. Tomate el té. Está muy caliente, respondió. Son los milicos, Mía, no te das cuenta de que inventaron todo esto. Hace quince años que se la tenían jurada. Ahora lo van a desaparecer. Vos sabés de lo que hablo cuando hablo de milicos, de desapariciones, ¿no?

—No creo…

—Vos siempre tan cínico, Mike. Claro que sí se lo van a chupar —me gritó Natalia.

La cuestión es que el hermano era toda la mala energía que el feng shui describe —continuó Nati—. Además, con su trajecito planchadito como usan la ropa planchada los de derechas, las esposas en la mano, la pistola, que si bien la tenía enfundada, era una pistola y un milico siempre la puede usar. Aunque el otro sea su hermano. Reconozco también que al tipo se lo veía triste, y decía una y otra vez Lo siento, hermano, tenés que acompañarme.

Y al único lugar que uno puede acompañar a un tipo así, cuando está vestido así, cuando tiene las esposas en la mano, cuando todavía el arma está segura y enfundada —esto no es lo correcto: el arma tiene que estar en la otra mano, o por lo menos sin el seguro, lista para ser usada, pero él no, la deja guardada, no piensa usarla esta noche en esta casa, con este hombre—, al único lugar que uno puede acompañarlo cuando te lo pide de esta manera, con estas palabras, cuando abajo espera el patrullero, es a la comisaría. Sobre todo si mataste a alguien por la mañana.

Yo pegué un grito cuando dijo que el Profe había matado a alguien, insistió Nati. Esto es mentira. Cómo puede ser. Ustedes nos quieren destruir, le grité al milico, pero él no me respondió nada y casi voy a pegarle, pero cómo le voy a pegar a un milico. Me mata, seguro me mata. ¡Bingo!, dijo el Profe y se paró. Fue a la ventana a corroborar que el patrullero lo esperaba. Corroboró y la boca se le quedó seca, como si hiciera horas que no probaba agua. Como si de repente ese pequeño departamento del centro fuera el desierto mismo. Con la boca seca el Profe dijo ¡Bingo! Y sí, realmente, ser detenido por su propio hermano sí que era cartón lleno. Bingo, línea, tómbola, todo junto.

Natalia interrumpió su relato y se largó a llorar, no entendía nada de lo que había ocurrido. Nunca entendía nada, y así se pasaba la vida. Se sentó y movía las piernas, con su vestidito corto y rosa a cuadritos, con sus trencitas, con su pinta de fetiche erótico burgués que seguro era a solicitud del Profe cada vez que la iba a visitar, de nena boba, de no entiendo nada, de a quién le importa. Pero ahora, por lo menos, comprendía que su hombre estaba en problemas. Serios problemas. Nos cuenta Nati, y Mía la observa con cariño y preocupada, que ni sospechó cuando él llegó agitado, nervioso y con la ropa manchada. Recién se levantaba de la siesta, estaba poniendo el agua para el mate y escuchando la radio. Su hombre rudo se metió hacia las habitaciones, sacándose la camisa, haciendo saltar sin querer algún botón y se tiró en la cama. Qué te pasa, le preguntó mientras le hacía unos masajes, pero en vano, porque no podía relajar los músculos de este hombre tenso que acababa de matar a una mujer.

Nos enteramos de todo esto con los días, cuando muchos aprovecharon para desacreditar a todos los que estábamos cerca de este profesor. "Los escrachadores del asesino", nos decían.

El Profe había matado a una de sus mujeres, pero ni él ni Natalia y tampoco nosotros podíamos darnos cuenta del horror que tapábamos con nuestra verborrea. No todos éramos asesinos, por supuesto, la mayoría éramos más o menos gente normal, es decir encantadora y miserable a la vez, pero teníamos una superioridad moral, discursiva, ideal con la que íbamos a salvar el mundo, a hacerlo mejor. Eso nos bastaba para creer que la mierda eran los otros. O como vi que escribió Mía en su libro unos días después: *Somos una mentira. Y no nos importa.*

En el programa de la tele especializado en casos policiales contaron en detalle que fueron varias veces de meter y sacar el cuchillo de una carne blanda. La mujer era esbelta, de cuerpo firme, con un piercing en la barriga bronceada y chata. También había un tatuaje que se le veía solo en la desnudez. Tenía unos abdominales rígidos en los que, sin embargo, el cuchillo se introducía con una facilidad increíble. Más costaba sacarlo, y como todo el mundo sabe, o por lo menos todo el mundo que haya matado a alguien con un cuchillo, al tirar para afuera es como que se engancha en algún parte de los tejidos dérmicos. Entonces, hay que hacer más fuerza para sacarlo que para meterlo, pero esta misma fuerza es la que te ayuda a una más, y una más, una vez más adentro, con esa fuerza, fuerza ciega, bruta. Ciega y bruta como es toda fuerza.

Cuando el locutor daba los pormenores, pensé que precisamente lo que te hace detener ese metisaca es la carne, o lo que queda de ella, que de tan machacada no permite que el cuchillo clave nada consistente. La flojera misma de esos hilos te contagia. Y es ahí cuando te detienes, cuando tus manos están rojas, cuando ella ya no grita, pero todavía late cada órgano de ambos cuerpos. Ahí miras a tu alrededor, retomas algo afín al raciocinio y sientes que estás en problemas. Pero evidentemente no notas el peligro o el problema hasta que un policía entra y dice Tenés que acompañarme. Y Natalia que grita a tu lado. El policía puede ser tu hermano, pero ahora es el que te va a llevar a la cárcel, el que te va a encerrar por los días de tus días. Aunque llore ahora, es más policía que hermano. Los policías son siempre más policía que cualquier otra cosa. ¡Bingo!, Profe.

VI

Al poco tiempo de conocernos, Mía llegó a la universidad con la historia de Eugenio, sin embargo fui yo el que lo encontró, al poco tiempo y de casualidad, en la sala de espera del oncólogo. Íbamos a encontrarnos, estábamos destinados a saber el uno del otro. Mía estaba decidida a denunciarlo, lo que para ella era una venganza, y yo estaba decidido a estar con Mía. Tarde o temprano íbamos a estar cara a cara, a vernos los ojos, esos ojos siempre esquivos y sus manos delgadas, casi huesudas. Cuando Mía nos contó de él, pensé que el momento de topármelo sería más épico, como pensamos que puede ser todo a los veintipocos años. Grandes eventos por las calles que acabarían con los asesinos detenidos por la policía y llevados presos en enormes carrozas como en un carnaval de la justicia y nosotros con las banderas rojas puestas como capas y puño en alto recibiendo las felicitaciones del pueblo agradecido.

Pero no, no fue nada épico ni celebratorio ni nada de eso. Fue la casualidad de los tumores, un tumor tímido que de pronto apareció en mi garganta y unos cuantos tumores decididamente asesinos en la suya, ya podrida, lo que nos sentaría frente a frente en una sala de espera del médico, acompañados por el silencio de la incertidumbre y el misterio que siempre tienen esos espacios donde la palabra muerte no se pronuncia, donde la palabra cáncer no se pronuncia, donde la palabra tumor se dice como quien no quiere la cosa, pero todas ellas sobrevuelan y atenazan un aire imposible de respirar.

Llegué con este médico, Xavier, el doc, como le decía mi padre, un viejo amigo de la familia, a hacerme unos análisis porque de un día al otro amanecí con una ronquera inusual que me duró varias semanas, como si estuviera de resaca constante, además de una tos cada vez más seca y un dolor, un suave ardor en la garganta. Para cualquiera podría haber sido un principio de gripe, pero Mía y yo nos asustamos, sobre todo una mañana que escupí sangre.

Empecé otra vez el tratamiento sin miedo, seguro de regresar pronto a mi vida normal con Mía, las pinturas y la Lucha, y aunque la cosa ahora podría ser grave, lo estaban combatiendo con bastante éxito. Yo iba cada semana al consultorio. Y una de esas veces, cuando llegué, este hombre ya estaba sentado esperando su turno. Había llegado casi media hora antes, acompañado de su chofer. Se lo veía apacible, jugando con los dedos de sus manos, entrelazándolos, flacos y vivaces, arrugando el pañuelo con el que se limpiaba la boca.

Me senté a su lado, a pesar de la cantidad de sillones, todos marrones, de la sala. No había nadie más, y no habría nadie más en esa hora en la que por primera vez estuvimos cara a cara. Por las ventanas, a través de unas persianas de madera, entraba un poco el sol. Las persianas eran iguales a las que había en algunos escenarios de *El Padrino*, y recordé, no sé por qué, esa escena del final en la que Kay le dice ¿Es cierto? Y Michael le responde que No, y se abrazan.

Buenos días, Buenos días, nos saludamos. Los dos mirábamos una televisión prendida en la esquina de la habitación mientras yo pensaba en las mentiras de Michael. Una secretaria se nos acercó para ofrecernos algo de tomar. A Don Eugenio lo llamó por su nombre, y a mí me dijo Jovencito. Ahí supe quién era. Quería llamar a Mía, contarle lo que estaba pasando. Yo pedí un vaso de agua, él no pidió nada. ¿Seguro no quiere agua, Don Eugenio? Dijo que no con un gesto. El doctor no tarda en venir, nos dijo la secretaria.

Me sentía incómodo a su lado. En su mirada perdida, en su cuerpo débil, en sus manos juguetonas, había una energía que lo traspasaba y me tocaba. Yo no creo en estas cosas, pero esa mañana lo sentí así y tuve que levantarme, y luego de caminar un poco alrededor de la mesa, me senté en otra silla. Me senté al frente. Y desde ahí, también, podía verlo mejor. Él ni se inmutó.

Pasaron varios minutos y ninguno de los dos decíamos nada, y la mujer no volvió a la habitación ni para ofrecernos agua ni para decirnos que el doctor estaba demorado. De fondo se veían los créditos de una película. Eugenio, vestido con un traje marrón, chaleco al tono y una corbata de lana de la que se veían algunos hilos desprendidos del tejido, cerraba los ojos por un rato, pero no se dormía.

La televisión comenzó a transmitir el noticiero y mostraron cómo un grupo de estudiantes se manifestaban en la casa de un ex funcionario y cómo la policía los reprimía. Éramos nosotros, el día anterior. Lo peor del caso es que a mí se me había ocurrido que el Negro preparara una bomba casera y alguien la tiró dentro de la casa. Si bien era de baja potencia, había producido un conato de incendio. Eugenio pareció motivado con la noticia pero quiso disimular su interés. Yo me levanté para subir el volumen de la tele. ¿No le molesta que suba el volumen?, le pregunté y él me respondió que No con un movimiento de cabeza.

El locutor de la tele explicó que un grupo de estudiantes había diseñado una original manera de denunciar a los viejos funcionarios impunes: localizaban sus casas y hasta allí se dirigían con banderas y carteles señalándolos, dando a conocer a los vecinos y a los medios dónde moraban estos personajes. Al principio intentaban ser manifestaciones pacíficas, y contaban rápidamente con la colaboración de los propios vecinos, que se enteraban de esa manera que compartían calle con semejantes personajes con un pasado oscuro. Pero la policía era cada vez más intolerante a este tipo de actos y amenazaba con caballos y camiones lanza-agua a los manifestantes. Las últimas veces, empezaron a reprimir. Al periodista le parecía bien que reprimieran. Insistió en aclarar que el líder de esta organización era un profesor preso por asesinato.

Ni siquiera maldijo en silencio. Yo aproveché para decir Qué hijos de puta de tal manera que pudiera oírme. Eugenio me miró, pero inmediatamente volvió la vista al suelo. La secretaria por fin entró y preguntó si queríamos algo, ¿otro vaso de agua, joven? ¿Alguna cosita, Don Eugenio? Insistió en que el doctor no demoraría en llegar y se fue. Ay, esos muchachos, dijo la señora, son los del profesor asesino, ¿verdad? En la tele reconocí a Mía, al Flaco y a Julián que iban delante del Negro. ¿A dónde nos van a llevar con esto?, dije indignado. El noticiero cambió de tema y la garganta empezaba a dolerme un poco más.

Don Eugenio iba a decirme algo, había levantado la mirada y una mano se aprestaba a señalar, como adelantando con un gesto lo que su boca con esfuerzo diría después, cuando de pronto el doctor abrió la puerta y apresurado fue a darle un abrazo, un abrazo un tanto largo, diría yo, para un médico de su especialidad. Si el oncólogo te abraza así de excesivo, muestra demasiada condescendencia como preámbulo a sus malas noticias, pensé.

Hola, Mike, me dijo, ¿cómo estás? Te veo en un momento. ¿Muchos ardores? ¿No, verdad?, ¿Va mejor con esos remedios, no es cierto?, preguntó sin esperar respuesta y con una mano en la espalda de Eugenio lo invitó a pasar al consultorio. Estuvieron allí largo rato.

Eugenio tenía la boca llena de llagas, los bordes de la lengua completamente rojos y heridos. Sangraba constantemente, no podía comer, ni siquiera tomar agua. Tragar saliva era un suplicio. Había visitado a este doctor durante los últimos años, y le habían dado un tratamiento que al día de hoy se comprueba que no ha hecho nada, o al menos no lo suficiente. Le tengo noticias, Don Eugenio, oí que le dijo el médico con parsimonia. Eugenio adoraba a las personas solemnes, porque él lo era. Cada gesto de su cuerpo, desde el momento de despertar, era un acto teatralizado hasta la exageración. Ni vestía ni comía, ni siquiera hablaba sin medir y premeditar cada movimiento, cada dicho.

Cuando el doctor le dijo le tengo noticias, Don Eugenio, Eugenio se irguió lo más que pudo. Sintió crujir su espalda. Los músculos se estiraron y sintió un tenso tirón que lo volvió a su posición jorobada. Le tengo noticias, Don Eugenio. Sin sonrisas, con amabilidad y ceremonia. Lo mismo le dijeron en el Hospital militar aquella vez que estaba sentado junto a la cama de su mujer, Le tengo noticias, Don Eugenio: los estudios que le hicimos a Vera no han dado nada bueno. Aquella vez Eugenio tomó la mano de su esposa e interrumpió al médico para preguntarle: ¿Cuánto tiempo le queda, doctor? Ahora parecía repetir el mismo diálogo.

—Le tengo noticias, Don Eugenio

—¿Cuánto tiempo, doctor? —indagó con su voz cavernosa.

La respuesta del médico fue idéntica a la de aquel médico, aquella vez: poco tiempo, Don Eugenio.

El doctor giró la cabeza, acaso al potus al que le faltaba agua, arrinconado sobre un mueble que daba a las persianas de madera del consultorio, pero Eugenio se le quedó mirando fijo. Quiso tomarle las manos, pero Eugenio las retiró, no podía permitirse un gesto lastimoso en estos momentos. Se puso de pie y preguntó qué debía hacer y cuándo volverían a verse. El médico le explicó los pasos a seguir, le recetó otra larga lista de medicamentos y tratamiento.

Eugenio agradeció y salió lento del consultorio. En la sala yo estaba de pie, un poco ansioso, y él me saludó con un gesto mínimo, y cuando abrió la boca para decir algo que finalmente no pronunció, un hasta luego o un adiós, no lo sé, un aliento hediondo salió como una explosión, inundando el espacio, el estallido de un cáncer que pugnaba por escapar como los fantasmas salvajes de sus tumbas, luego de aniquilarlo todo a su alrededor.

Excepto este olor, no noté en él nada nuevo. Desde que llegué me encontré con un anciano un tanto abatido, pero sobrellevando su malestar con ese resto de dignidad que permite la vida al borde del final. Le dije Lo siento mucho. Él me miró con ojos encendidos, y respondió Yo no. Cerró la puerta con toda la fuerza que pudo. Uno de sus escoltas lo esperaba en el pasillo, y lo acompañó por el elevador hasta el coche.

Una mañana, unos meses después, llegamos al mismo tiempo y nos encontramos en la puerta del edificio. Don Eugenio bajó de su coche ayudado por el chofer y el custodio y cuando me vio me lanzó una breve sonrisa. Se lo notaba mucho mejor. Además, podía hablar.

—Hola, Mike, ¿cómo estás?

—Muy bien, Eugenio. ¿Usted? Creo que otra vez llegamos demasiado temprano.

—No es eso, es que este médico siempre llega demasiado tarde. No creo que con lo que cobra le falte dinero para comprarse un reloj. ¿Nos tomamos un café?

Bastaron casi tres meses de vernos cada semana en el consultorio del oncólogo para parecer amigos. Mía no lo sabía. Yo no le había contado que lo seguía viendo. A Eugenio, *su* Eugenio.

Ahora por primera vez Eugenio me invitaba un café, bebida que ninguno de los dos podía ingerir, pero igual nos metimos en el restaurante del primer piso. Hoy que nos espere el médico, dijo con una voz más suave de lo habitual y gesticulando con facilidad. Estaba en esa etapa cíclica en la que las medicinas a veces sirven, a veces no. O sirven para unas cosas pero para otras no. Estos eran los días en los que los remedios le permitían hablar. Pedimos gelatinas para los dos. Le conté que a mí también me detectaron cáncer laríngeo, pensábamos que era un simple tumor.

Hace unos días el médico distribuyó malas noticias por doquier y a mí me tocó esta. Aunque en mi caso, resaltó el médico, no son tan malas. El cáncer está en su fase primera, y es un tipo de cáncer muy fácil de combatir si lo agarramos rápido, dijo mientras sacudía con optimismo el resultado de la biopsia. No te preocupes, Mike. Todo saldrá bien. La frase Todo saldrá bien parece antinatural en un oncólogo, pero ahí estaba este tipo diciendo eso y explicándome todos los pasos que daríamos juntos. El amigo de mi papá tenía entre su desdichada clientela a medio país, y se decía que había logrado curar un cáncer del presidente.

Aquella vez el médico me dijo que debía dejar de fumar inmediatamente. Eso no me lo pidas, le dije. Como quieras, pero es que ni vas a poder. Te va a arder. Y era verdad, hacía días que no podía ni acabarme un cigarrillo porque el ardor en la lengua podía hacerme llorar. ¿Todavía te sangran los dientes cuando te los lavas? Sí. Eso fue lo que me alarmó, además de la tos. Eso y las quejas de Mía por el mal aliento.

Eugenio y yo empezamos a vernos cada miércoles a las nueve de la mañana. Mía ni lo imaginaba. Guardé mi secreto unas semanas. Eugenio y yo coincidíamos en esta habitación donde colgaban los diplomas del médico, plantas y varios cuadros de artistas importantes. Uno era falso, el mío, se lo había regalado mi papá hace varios años. Todos pensaban que era original. Muchas veces Eugenio se negaba a hablar. Su aliento putrefacto se olía aunque tuviera la boca cerrada. Cada vez estaba peor. Ambos teníamos nuestras sesiones de radioterapia, con la intención de destruir las células cancerígenas en la boca. A mí me daba buenos resultados, aunque estaba cada vez más flaco, pero no se me caía el pelo. Inexplicablemente, mi ánimo estaba mejor que nunca.

En cambio a Don Eugenio se lo veía cada vez peor, casi sin poder hablar. Su cáncer estaba avanzado y tal como decía el médico cada vez que le preguntaba Cuánto tiempo me queda, doctor, cosa que hacía en cada sesión, le quedaba poco tiempo. Sin embargo, él quería seguir con los tratamientos. Operación, quimioterapia, todo lo que la medicina pudiera poner a su alcance. Un día me dijo que no es que quisiera alargar la vida, de eso ya no tenía esperanzas porque la esperanza es cosa de débiles, sino que le daba curiosidad y morbo saber hasta dónde podía llegar la ciencia con un viejo como él.

Esa mañana en la que coincidimos en la puerta del edificio y me invitó al restaurante a comer una gelatina, estaba de buen humor. Me contó que a la par de los tratamientos que el médico le estaba aplicando, estaba ensayando unas terapias alternativas. No me hacen nada, pero no le puedo decir que no a Carlita. Me contó de Carlita sin muchos detalles. Y me dijo que lo que a él le gustaba era ver a Carlita. No va a curarme, lo sé, pero al menos me pone de buen humor. Se rio cómplice, y me pidió que fuera muy discreto. Somos caballeros, Mike, me dijo. Sin dudas. Por primera vez me preguntó por mi vida. Rápidamente concluyó que había conocido a mis abuelos en el club y que sabía quién era mi padre. Los recordaba bien. Me dijo que quería comprar uno de mis cuadros. Yo sabía mucho de él, y de pronto me di cuenta de que él podría saber todo de mí. Como en ese momento no podía inventarme un pasado, me inventé un futuro. Le dije que mis planes eran acabar el tratamiento y la universidad, e irme a vivir a Barcelona, donde vive una hermana.

—Buen lugar Barcelona —dijo—. Excepto los catalanes. Pero hay buenos museos.

Sacó un billete y llamó al mozo para pagar. Esperó que trajeran los centavos del cambio. No dejó nada de propina, así que yo dejé unas monedas. Cuando me vio hacer eso, me dijo que el chico no se lo merecía, que veía mucho la televisión en vez de estar atento a los clientes. Subimos con su guardaespaldas hasta el octavo piso, donde estaba el consultorio. El ascensor se abría ante un espacio vidriado desde el que se podía ver la ciudad. El día estaba claro, azul. Nos sentamos en la misma sala donde nos conocimos, los mismos sillones frente a frente, debajo de los cuadros, el mío, mientras la secretaria ofrecía agua y ponía las noticias en la tele, donde hablaban sobre la influencia de las emociones en las enfermedades.

—Ahora está de moda culpar al enfermo de su propio cáncer —dijo Eugenio, mirando hacia el suelo—. Yo no sé, yo hice siempre lo correcto. Lo que había que hacer. ¿Por eso me iba a enfermar?

VII

Pasado casi un año y yo en la etapa final del tratamiento, Mía insistía en que acabáramos con Eugenio. ¿Cuándo nos lo vas a traer?, preguntaba Pablo cada vez que nos veíamos. Él y todos los demás estaban impacientes porque durante mucho tiempo no me decidía a escarchar a Eugenio. Yo les decía que teníamos que prepararlo muy bien y que tenía que ser nuestro golpe maestro. Con ese seríamos famosos en medio mundo, y que después todo sería más fácil.

—Ahora que te curaste y no te vas a morir, no tenés más excusa —dijo Pablo.

Nadie aceptaba mis argumentos, y pedían que nos apuráramos. Discutimos toda la noche. Estábamos en mi casa, Mía había preparado una carne al horno, y ya habíamos cenado y fumado y bebido demasiado.

—¿Qué tal en marzo?, el aniversario del golpe, y es un día ideal —comentó uno de los chicos.

—Hay mucha gente en la calle ese día, no creo que nos hagan caso —respondió otro.

—Si es con éste, sí —dijo Mía.

—Mejor esperemos —dije.

—¿No será que ya te estás ablandando, Mike? ¿O acaso te estás haciendo su amigo? —dijo furioso Pablo, que no paraba de fumar marihuana.

Me levanté y lo agarré de la remera y lo empujé contra la pared. Le di un puñetazo que le partió el labio. Mía empezó a gritar que me calmara, que no era para tanto. Pablo quedó en el suelo y apoyado contra la pared mirándome con odio.

—¡Poeta de mierda! —le grité y me fui a la habitación.

Mía le llevó un poco de hielo, le curó la herida y le pidió a todos que se fueran. Vino al cuarto y me regañó por tanto escándalo. Cómo le iba a hacer eso a Pablo. Sin embargo me besó la mano con la que le había pegado a nuestro amigo. No nos podemos ablandar con Eugenio. Entiendo lo que te pasa, porque a mí me pasó, a mi mamá le pasó, a todo el mundo le pasa.

La miré desconcertado y agregó:

—Mike, tenemos que destruir a Eugenio, no jodamos más.

Nos acostamos. Mía agarró un libro y se apoyó en mí para leerlo. Al otro día, tenía consulta con el médico. Me sentía cada vez mejor. El tumor en mi garganta había desaparecido, pero debía seguir con mis visitas semanales. Además, podía ver a Eugenio. Mía me preguntó si quería que me acompañara, pero le dije que no, así que ella se fue a la facultad y yo a la clínica.

Cuando salimos de la consulta, Eugenio me invitó a caminar por el parque. Ya me había invitado varias veces, pero yo siempre me había negado. Sin embargo, esta vez tenía muchas ganas de seguir conversando con él. Me tomó del brazo y fuimos a paso distendido hasta el portón, que desde hace cien años está resguardado por esos dos grandes leones de hierro. Me contó que esos leones fueron traídos desde Italia, en un barco que naufragó en Uruguay, y que en ese accidente habían muerto varias personas, que fue famoso el suceso, y que el gobierno argentino no pudo rescatar a nadie del fondo del mar, pero sí esas esculturas. El guardaespaldas nos seguía discreto. A esta hora, en el parque hay unos pocos corredores, mujeres con bebés en cochecitos, sirvientas y nanas persiguiendo niños desobedientes, hombres de seguridad vigilando a sus amos y alguno que otro perro desesperado.

El parque no es muy grande, pero es el pulmón de esta zona de oficinas de gobierno, grandes casas, embajadas y hoteles cinco estrellas. Los empleados de los despachos y los de los consulados bajan al mediodía a comer. Llevan sus sándwiches y sus refrescos en lata. Comen parsimoniosos mientras leen una revista, el diario, o algún folleto. Algunos se sientan en pareja, se toman de la mano, se besan o se reclaman cosas. Durante el verano, la principal actividad es por la tarde y la noche, donde de vez en cuando algún grupo de jazz ameniza los paseos.

Eugenio vive a cinco cuadras de aquí. Antes, me dice Eugenio, venía más seguido. Pero ahora uno no sabe con qué loco te podés encontrar, por eso me pusieron otro guardaespaldas. Los estudiantes andan haciendo líos por todos lados, yo no sé qué buscan, dice con calma y esfuerzo, como habla Eugenio.

Cuando se jubiló, venía casi todas las mañanas, daba un paseo solo o con algunos de sus ex compañeros. Sus compañeros también eran unos viejos recién jubilados, vecinos del parque, ex funcionarios como él. Caminaban un rato, intercambiaban información, recordaban, no sin nostalgia, los tiempos que habían quedado atrás. Se quejaban de todo: de sus cuerpos, del frío, de las noticias, del dólar, del calor, de los políticos, de los estudiantes.

—Lo que más me gusta de este parque son las estatuas. Ven, que te voy a contar algo. Para mí son importantes. Las extraño cuando no vengo. Hace más de veinte años que intento venir a diario a visitarlas. Ven, mira qué bellas que son, miralas, miralas.

La entrada de los leones y el paseo principal estaban vigilados por una serie de estatuas y fuentes que guiaban hasta el lago central. Por allí caminábamos al paso lento de Eugenio, que se colgaba aún más de mi brazo, pero todavía con elegancia.

Yo pensé en qué pasaría si me viera Pablo, o Mía, o cualquiera de los chicos del Centro. Qué dirían, de qué me acusarían. Las cosas no estaban bien con esta gente. Pero yo estaba aquí en una misión, así que no podían quejarse. Es lo que me tocaba hacer a mí: tener un tumor en la garganta, venir al médico, conocer a Eugenio, que en cualquier momento moriría de un cáncer también de la garganta, auscultarlo, hacerme su amigo, y luego organizar su denuncia. Esa era mi misión, o mejor dicho mi Misión, nunca olvidemos las mayúsculas de nuestra impertinencia juvenil.

Eran tres caminos principales con esculturas, que confluían todos en la entrada del lago. Uno de ellos era un homenaje a la historia militar del país: generales, coroneles y algunos presidentes de décadas atrás. Eugenio había conocido a casi todos. Había mandado a unos cuantos. Hablaba de ellos con orgullo, pero siempre agregando algún dato que aparentemente solo él conocía: "Este es el coronel Garrido. Hombre firme. Hizo mucho por este país. Lástima que era puto".

Otro camino era una conmemoración de las expediciones coloniales por América. Había varias esculturas, algunas de ellas un tanto estrambóticas: un indio del Amazonas, un soldado español, y animales como jaguares, tortugas gigantes, e incluso una pareja de osos polares.

El conjunto escultórico del parque carecía de un sentido lógico. Sin embargo, aquí, durante una época, traían a los niños de las escuelas para explicarles la historia del país. Eugenio podría haber sido uno de esos niños si hubiera crecido por acá, pero en realidad a él le tocó ver cómo algunos de sus amigos se convertían en estatuas. Yo me preguntaba si ahora, al borde de la muerte, no añoraría una escultura suya en el camino de los héroes nacionales. No tenía respuesta, porque Eugenio jamás reconocería algo así.

Todo el paseo era para llegar a la parte de las musas, la verdadera razón por la que Eugenio venía a diario. Noté su inquietud, y vi cómo aquel cabrón se convertía de pronto en un hombre emocionado, jovial y tembloroso ante la ternura del amor. Me tomó el brazo con más fuerza y me señaló cada una de las esculturas. Mirá qué bellas que son. Se acercaba a ellas e intentaba tocar sus pies con los guantes. El sol no había salido con suficiente fuerza, y aunque no hacía frío, Eugenio no se sacaba los guantes de piel ni su corbata de lana.

—Te voy a explicar quiénes son. Esta es Clío, la musa de la Historia. Hija de Zeus y Mnemósine. Todas las musas son hijas de Zeus y de Mnemósine, ¿sabías? Lástima que esté así de descuidada. Hace un par de años se le cayó uno de los árboles y la tiró al suelo. La volvieron a levantar, pero no la arreglaron bien. Luego con el huracán le pasó lo mismo. No sé cuánto dinero les di, pero ahora hacen todo mal. Seguro se lo robaron, porque arreglar no la arreglaron. Mirá lo que es la pobre Clío ahora. Mirá sus manos cuarteadas, le falta el globo terráqueo, ese creo que no se podía arreglar, pero mirá la cabeza qué horror, es lo peor. Con las caídas se descuartizó y no se la pegaron bien. Pobre Clío.

Eugenio se quedó mirándola, describiendo cada uno de los defectos de la compostura. Estaba furioso, y agitado por el esfuerzo de hablar. La piedra estaba oscura, sucia y con moho, y ese descuido desentonaba con el conjunto del parque. Al frente de Clío estaba Melpómene. Empezó a toser con furia y dolor.

—Aunque pague no hacen nada. La gente no solo es ladrona, carece de todo sentido de solidaridad y generosidad. Yo creo mucho en lo que decía Napoleón: si buscas una mano que te ayude, lo más probable es que la encuentres al final de tu propio brazo. Es terrible que no hagan nada. Mejor vamos para allá —dijo en medio de un ataque

71

de tos—, que no hay que hacerse mala sangre. Mirá esta, qué rostro tan bello.

Melpómene relucía. A diferencia de Clío, Melpómene parecía recibir un trato especial, del de alguien que a diario se ocupara de limpiarla, quitarle las hojas de los árboles, sacarle brillo.

—La musa de la tragedia, la tristeza, la soledad —dijo Eugenio—. Me conmueve su mirada, se parece a la de Vera, mi mujer, en paz descanse. Ambas tuvieron todo, tuvieron todo lo que una mujer puede tener en una vida, y ninguna de las dos supo disfrutarlo.

Eugenio hablaba lento y gesticulando cada sonido con firmeza. La lengua parecía darle un descanso. Cerró los ojos ante Melpómene. Era como si rezara, o mejor dicho como si le hablara, a la musa o a su esposa. Fruncía el ceño y noté que le temblaban las manos. Seguimos el camino. Allí estaban Euterpe y Polimnia, Talía y Terpsícore. Eugenio me llevó hasta ellas, se detenía en cada una y también les hablaba en silencio. Al final del paseo y frente al lago estaban Calíope y Urania. Estas son mis favoritas, mis novias, mis niñas, dijo Eugenio y apuró el paso. Mirá a Calíope, no puede ser tan hermosa. Calíope llevaba una pequeña trompeta en una mano y un poema en la otra.

—Buenos días, amor —la saludó Eugenio.

Puso un pie sobre el pedestal para poder tocar la estatua. Se agarró con fuerza y con agilidad, dejando el otro pie suspendido en el aire. El hombre de seguridad, que se parecía a Goycochea, el arquero, vino a sostenerlo por la espalda para que no se cayera. Ambos estaban acostumbrados a esto. Eugenio miraba con los ojos llorosos a Calíope y le pasaba su mano sobre los pechos, acariciándoselos. La frotaba con su guante de piel, y sonreía como un ciego, sacando un poco la lengua, la lengua podrida.

Estuvo así un buen rato, y cuando bajó, parecía tener otro semblante, otro color en la piel, otros ojos, no los de un enfermo terminal. Este hombre de ochenta y pico de años que acababa de vejar una estatua, era otro hombre, fuerte y alto e invencible. Por unos minutos Eugenio revivía y parecía tener, otra vez, el poder de todo y sobre todo. Me dijo algo en un murmullo grave e inentendible, y seguimos caminando. Luego de unos pasos, se volvió sobre Calíope y le dijo:

—Hasta mañana, hermosa.

Y mirándome con ternura, me aclaró: Mi madre.

Parte dos

VIII

En el avión saqué unas hojas del sobre en el que llevaba el libro que había escrito Mía en estos años. En la primera página leí su letra pequeña, redonda y suave: *La muerte no existe. Yo no creo en la muerte. Lo que existe es la soledad. Eso sí es otra cosa. Eso sí es un castigo. Apuesto a que no me crees. Me lo dijo Eugenio. Sí, Eugenio. No creerás lo que pasó con él. Te lo voy a contar, aunque estoy segura que no me lo vas a creer.*

Cuando la azafata vino a pedir que me abrochara el cinturón, guardé las hojas y puse el sobre en el guarda equipaje de arriba. Sentado, vi el cielo de la ciudad que me despedía con nubarrones y viento sobre el río sucio y oscuro del verano. Pensé en el libro de Mía, tirado sobre un abrigo y apretado por un par de mochilas. Comprendí que no sabía nada de lo que había ahí, ni siquiera podía imaginarlo.

Era otra manera de no saber nada de Mía.

Todo este tiempo esperando a que Mía acabara de escribir unas cuantas cuartillas para que viniera a la mesa a cenar una pasta fría, o en la madrugada a hacer el amor después de acomodar algunas de sus ideas sobre el papel y sus emociones a flor de piel. Y pensaba ahora, mientras el río iba desapareciendo bajo las nubes y todo quedaba por un segundo, un minuto, una vida, definitivamente atrás, si en este libro que no tenía intención de leer habría algo que le diera sentido a esta escapatoria que estaba teniendo ahora mismo.

Esta mañana despedí a mi hermano. Nos dimos un abrazo fuerte. Fue la primera vez que nos abrazamos. Y también fue la última, o mejor dicho la penúltima. En esos momentos vi sus ojos, también por primera vez, y noté unos ojos que nunca había observado, que nunca había notado, una mirada que de tan nueva era totalmente transparente. Unos ojos como si vinieran aparecidos de un sueño. Allí mismo, en el momento del abrazo, noté que sus labios temblaban, suaves, pero temblaban, en un trémolo fugaz, como una ráfaga de viento, pero que también daba paso a una sonrisa de dientes fuertes, llenos de vida.

Mi hermano.

Lo supe en ese momento, y estuve seguro durante mucho tiempo: esa sonrisa fue lo mejor que me pasó. Era una sonrisa de locura feliz, que dejaba clara la línea inaceptable que divide lo que es el odio y lo que es el amor. Una sonrisa que sabía mucho sin decir nada, pero con un ruido liberador. Lo volví a abrazar y allí nos quedamos apretando nuestros cuerpos, oliendo el aroma que nuestras ropas y nuestra piel emanaban en esa mañana calurosa. Olíamos a familia. Y ese sí fue el último abrazo. Por primera vez mi hermano era mi hermano, y yo era su hermano. Muchas veces nos habíamos preguntado quiénes éramos, quién era él, quién era yo, qué era la familia, y nunca tuve una respuesta hasta hoy, y esa respuesta estaba frente a mí y por todos lados: en los ojos, en los labios, en los brazos y en el perfume de mi hermano.

Miré esa sonrisa por última vez y salí. Cuanto estaba abriendo la puerta de este pequeño cuarto todo pintado de blanco en el que estábamos encerrados, Rodrigo quiso decirme algo, pero un guardia no le dejó y se lo llevó. Lo que quiso decirme ya no era importante, no era algo vital. A lo mejor un detalle, alguna broma, porque Rodrigo era bueno para las bromas. A lo mejor quería pedirme si le mandaba una postal. Pero ya no lo dijo. No dijo nada. Y sé, lo sé bien, que no se guardó una frase oculta, porque en ese momento Rodrigo, yo, la familia que éramos a partir de este instante era transparente como solo puede ser transparente el amor. ¿Qué es un amor transparente? Eso quién puede saberlo, pero es exactamente lo que estábamos viviendo.

Bajé los tres pisos de la comisaría, y antes de salir, una mujer se me acercó y me dio una tarjeta, me dijo que era de una ONG y que podía ayudar a mi hermano, a mí, a toda la familia. Yo no la oía. Estaba aturdido, aunque alcancé a escuchar que dijo algo así como que ya tenía experiencia en estas cosas. La miré sin responderle, guardé la tarjeta en el bolsillo de atrás del pantalón, le agradecí con la cabeza y abrí la puerta para salir. Afuera, un grupo de periodistas se me avalanchó y algunos de ellos me gritaban preguntas pero no les entendía. Uno me atacaba, pero nada de eso era importante para mí. Quise avanzar, pero no era fácil. Los periodistas eran agresivos, algunos me agarraban el saco, tiraban del brazo. Incluso se peleaban entre ellos.

En eso, por suerte, vi llegar a Mía en un taxi. Bajó corriendo y vino a buscarme. Traía el sobre lleno de hojas, lo que me llamó la atención. Me tomó de la mano y me sacó de entre los periodistas y le gritó al tipo de la radio, el más pesado, Déjenlo en paz.

—¿Usted también es violenta? —preguntó el hombre y Mía le arrancó el micrófono y lo tiró con fuerza contra el piso.

—¡No! —le respondió.

Subimos al taxi. Me preguntó si estaba bien, y creo recordar que me acarició la cara. Ahora no sé si recuerdo la caricia o las ganas de caricia, pero Mía estaba allí, tomándome de la mano, otra vez con su mano entrelazada con la mía, y yo sentía su mimo, mientras me rescataba una vez más y le pedía al taxista que nos llevara al aeropuerto. Yo aún tenía los ojos de mi hermano. Su sonrisa, su olor.

—El avión sale a las cinco, pero tenemos que estar tres horas antes.

Miré la ventana del tercer piso y ahí estaba mi hermano. Noté su cuerpo fuerte y fibroso, la camisa ajustada y aún sucia. Nos miramos por última vez. Levantó la mano para saludarme y vi que ya lo habían esposado.

—Agarré la valija del departamento, pensé que estaba más pesada, al final no traes tantas cosas, casi nada. Cerré el gas, también saqué el diccionario, el francés, que era mío, acá están las llaves —dijo Mía.

Le agradecí todo lo que estaba haciendo y le pedí que se quedara con las llaves y con el departamento, que ahora era suyo.

—Yo a ese lugar no quiero volver —me dijo seria.

—Igual guardá las llaves, por cualquier cosa.

En la radio hablaban de Rodrigo, pero cuando iban a contar cómo lo detuvieron Mía pidió que la apagara. ¿Usted es el hermano, verdad?, preguntó el taxista, pero no le respondí. Mía me mostró el sobre que llevaba. Era lo que estaba escribiendo. Llevátelo, me dijo. Esta parte ya no puedo seguir escribiéndola. Eran unas trescientas páginas, una de las partes del libro que desde hace varios años llevaba sin querer acabar. Yo me quedé en silencio después de decirle que no era justo. Esto no es justo. Nada es justo, mucho menos para mí, respondió ella, y volteó la cabeza hacia la ventanilla del coche y los ojos se le llenaron de lágrimas.

Estuvimos en silencio los cuarenta minutos que duró el viaje hasta el aeropuerto. Cuando llegamos, un grupo de huelguistas había cortado la entrada a la terminal, así que tuvimos que bajarnos y caminar unos veinte minutos más con las valijas y entre todos los pasajeros que corrían para no perder sus vuelos. Otra vez tuvimos que pasar entre un grupo de periodistas que estaban cubriendo la marcha y oímos que uno de ellos preguntó si yo era el hermano del asesino y si no me estaría escapando. No sé, no creo, no se parece, le respondió su amigo y seguimos el camino. Abracé con fuerza el sobre.

Atravesamos unas piedras y grandes trozos de maderas y neumáticos que habían encendido fuego. El humo no nos dejaba respirar. Tosíamos sin parar. A Mía le dio un ataque de risa. Este humo está bueno para despedirnos, me dijo y cuando quiso darme un beso, le pedí que me acompañara a hacer el registro y que se quedara conmigo hasta que abordara. Hicimos la fila de Iberia, el check in y nos fuimos a sentar al bar. Mía pidió dos cafés con leche y dos medialunas. Desayunamos sin decirnos casi nada. Rodrigo estaba en la tele. Mostraban el momento en el que la policía lo sacaba de la casa.

—Llamame en cuanto llegués —dijo Mía.

No respondí.

—Sé que no me vas a llamar —agregó—. Ahora vas a jugar al desaparecido, ¿verdad?

Tomó la taza de café con las dos manos, lo sopló y bebió un trago corto. Agarró la punta de una medialuna, la arrancó y mientras la masticaba dijo, sin siquiera mirarme, Rodrigo es un héroe. Es el único héroe en todo esto. Todo lo que vas a hacer a partir de ahora va a ser vivir para agradecerle, vas a dedicar el resto de tu vida a darle las gracias.

Mía tenía razón. Rodrigo me había regalado una vida y una familia. Por fin lo sentíamos así. Parece cosa sencilla, pero no lo es. A eso me refiero con lo del amor transparente. Durante veinte años me pregunté qué era una familia. Me preguntaba por qué la familia dolía tanto. Por qué una madre era eso, por qué un padre esto otro. Mía había sido, en su momento, la salvación de ese infierno. Pero nunca fue una respuesta, un camino. A lo mejor ella escribía para darnos una salida a los dos. Ella tampoco sabía qué era una familia. El único que tuvo una respuesta a estas preguntas fue Rodrigo. Él es el único héroe porque decidió volver a fundar esta familia. Si a esta familia la hicieron mis padres, ellos mismos fueron los que la forjaron a base de mentiras, veneno y odio. Hasta ayer. Ahora somos otra cosa. Ahora somos esta familia, somos Rodrigo, mis hermanas y yo. Ahora empezamos a vivir.

Yo ahora mismo voy a tomarme un avión a Barcelona para empezar a vivir de nuevo, lejos de Mía, lo sé, pero también lejos de todo. De Julia no sabemos nada desde hace años. Mejor así, sobre todo para ella. Ayer le escribí una carta para contarle lo que había pasado, pero no me dio tiempo de ir al Correo. Se la mandaré desde España. O ya se lo habrá contado Isa, a quien llamé para ver si podía recibirme en Barcelona. Respondió que sí, pero no comentó nada de lo demás. Rodrigo está preso y no volveré a verlo. Ni a abrazarlo. Ni a ver sus ojos. El jueves, cuando llegó de la universidad, le pegó dos tiros con la escopeta a nuestro padre. Cuando entró a la casa, Rodrigo se encontró con nuestra escena de cada día: mi papá pegándole a mi mamá, mi mamá sangrando en el suelo, los llantos, los gritos.

Sé que mi hermana leerá la carta alguna vez y dirá lo mismo que dijo mi madre mientras agonizaba con la cabeza rota, un suspiro después de ver cómo los perdigones de la escopeta reventaban con precisión los sesos de papá: "Gracias, Rodrigo".

IX

Llegué a Barcelona el último viernes de noviembre en un vuelo desde Madrid que se demoró mucho más de la cuenta. De Buenos Aires a Madrid, y allí a esperar unas cuantas horas porque el aeropuerto de El Prat estaba cerrado por un aparatoso accidente de dos aviones chicos. Nos llevaron a hacer una escala a Palma de Mallorca, donde pude ver por primera vez el Mediterráneo. Allí nos enteramos, gracias a una anciana en silla de ruedas que oía la radio y lo comentaba con otra mujer que la asistía, que en el accidente había muerto solo una persona, y que todos los demás, cinco pasajeros, cuatro azafatas y los pilotos, habían sobrevivido. Y que el que había muerto era un trabajador de tierra. Los demás están todos bien, decía la señora. Bueno, estarán asustados al menos, le respondía la otra. Esto ha sido un verdadero milagro, y se pusieron a rezar. A Barcelona llegamos por fin a las dos de la mañana, hacía frío y mucha humedad. Aún se veían algunos carros de bomberos, pero todo fluía con normalidad, a pesar de lo que había ocurrido.

Iba a venir a buscarme mi hermana, iba a volver a ver a Isa, ¿qué íbamos a decirnos?, ¿cómo nos íbamos a mirar? ¿Nos íbamos a abrazar por primera vez? ¿Olerá su cuerpo como huele el cuerpo de Rodrigo? ¿Existe el olor familiar? A pesar de la enorme cantidad de gente que había, nos entregaron rápido las maletas. Yo agarré mi valija de entre el montón y caminé arrastrándola, mientras me calzaba la mochila y el sobre con el libro de Mía, que durante todo el tiempo traje en la mano, del que nunca me atreví a volver a sacar ni siquiera una hoja para leer en todo el trayecto de más de veinticinco horas.

En la fila de la aduana, el agente preguntó a un joven ecuatoriano que estaba delante de mí si se venía a vivir a España. Al responder que sí, el agente llamó a unos compañeros suyos que se acercaron para pedirle el pasaporte y una carta de invitación, que el joven no tenía, por lo que se lo llevaron a un cuarto que estaba al fondo. Cuando me tocó pasar a mí, me sentí un poco nervioso porque no encontraba mi pasaporte ni en los bolsillos ni en la mochila. Lo había puesto en el sobre de Mía y no lo recordaba. Me tardé en encontrarlo, nada grave, pero el agente me miró adusto y como siempre, con sospecha. También me preguntó si me iba a quedar a vivir en España. Le respondí de inmediato que no. No. No, yo aquí no voy a vivir. No le mentí. Haber dejado atrás una vida no significa que fuera a vivir otra. Que yo dejara a Mía en la casa después de tres años y a Rodrigo en la cárcel, que cerrara mis cosas, que dejara la universidad y la Lucha, que agarrara mi pasaporte y que volara no sé cuántas horas, que esperara en dos o tres aeropuertos, que llegara a un país que no conocía, a una ciudad en la que no había nadie esperándome, porque Isa podría venir por mí pero eso no significaba que me estuviera esperando, que cerrara una puerta no quería decir que estaba abriendo otra. Estaba entrando yo, si es que este hombre formalizaba toda mi cavilación con un sello en mi pasaporte, a una sala no reconocida de la casa. A una casa nueva, a cualquier casa, con puertas y ventanas que nunca se habían abierto y que podía abrir por primera vez. No sé qué hay del otro lado. No sé si es la habitación de los hijos, o si hay una mujer como Mía desnuda y recién bañada debajo de las sábanas, o el salón de responso de los moribundos. Es como cumplir años, o empezar un año nuevo, porque a lo mejor, lo más probable, es que no cambie nada. O sí. Como cuando uno está con una mujer por primera vez. Uno se asoma. Se asoma a ver si hay luz en la habitación, se asoma a oler la esencia de la piel, el perfume de la humedad entre las piernas, pero no sabe, no quiere, no puede decidir si allí se queda a vivir.

No, yo no me quedo, le dije al agente. ¿Entonces a qué viene?, me preguntó. Esa respuesta se la debo. Ni idea. Me quedé mirándolo, en silencio. Él se puso más serio. Arqueé las cejas, y el hombre insistió con su interrogatorio. ¿Entonces viene como turista? Sí, señor, le dije y oí cómo el sello se estampaba con fuerza y estruendo contra una de las primeras páginas del pasaporte. Bienvenido, dijo.

Caminé unos pasos y noté que sí había una puerta, que la puerta estaba pintada con una enorme publicidad de Las Meninas de Picasso que anunciaba una retrospectiva en un museo de la ciudad, y que sí se me abría y partía el cuadro en dos. Que la puerta era de cristal y que, ante mi llegada, y la de cualquiera, sus dos hojas translúcidas se desplegaban hacia sus costados para mostrar que había una nueva estancia, donde no había ni niños ni moribundos, ni una mujer, pero donde tampoco estaban Mía ni Rodrigo, porque ellos quedarían atrás una vez que la puerta se cerrara a mi paso. Esa puerta que se cerraba, que desde este otro lado ya no se abre. La atravesé como turista, eso fue lo que dije, vengo como turista, no me voy a quedar, pensé mientras me descubrí rodeado de otros cuantos viajeros, no sé si turistas, migrantes, hijos pródigos o qué, pero todos como yo. A algunos los esperaba un familiar, un amigo o un chofer con un cartel con su nombre. A mí no me esperaba nadie. Isa tampoco estaba.

Me puse la mochila al hombro y la sentí como si estuviera vacía. Abracé el sobre con el libro de Mía y caminé hacia la salida. Descubrí que se había roto una de las rueditas de la valija. En otro anuncio del Museo Picasso me vi reflejado y noté un par canas en la barba de pocos días que llevaba. Me pasé la mano por la garganta: me picaba. Me sonreí en el reflejo e incluso me guiñé un ojo. Nos estamos haciendo grandes, me dije. Cerré mi abrigo y salí a la calle. Respiré. Inhalé fuerte el aire de la madrugada. Sentí cómo entraba por la nariz el aire y llenaba mis pulmones e inflamaba el pecho. Lo hice dos o tres veces, como si quisiera limpiar el humo de mi despedida con Mía. Quise con esa exhalación quitarme el humo, y por qué no, a Mía.

Busqué entre las notas que tenía en la libreta la dirección de la casa de mi hermana, pero no me pareció prudente llegar a esta hora, a pesar de que ella me había dicho que, si algo como esto ocurría, no dudara en llegar en el momento que fuera. Vi que la casa quedaba en Badalona. Pregunté dónde quedaba eso, y me dijeron que como a una hora en tren, que estaba en las afueras de Barcelona. Y que en ese momento no salía ninguno, que debía esperar. No había cómo irme. En la ciudad no tenía a nadie. Barcelona podría abrirse en ese momento como se abre una desconocida y empiezas a indagarla con el olfato. Olía a lo que huele cualquier noche de cualquier lugar en plena madrugada. Quise oler a mar, pero no sentí nada. Sentí, sin embargo, el aire frío y limpio, miré las luces de los coches, las torres de seguridad y los carteles publicitarios. Oí otra vez el golpe seco del sello en el pasaporte, el saludo de bienvenida del policía, el sonido suave de la puerta eléctrica que se abre y se cierra, y el ruido del motor de un autobús que se estacionaba a pocos metros de aquí.

Subir a este autobús fue empezar un largo camino hacia ninguna parte. En el trayecto veía asombrado las calles, el orden, la limpieza, las luces. Ahí fue cuando me dije que me iba a gustar este lugar. Por qué no. Mis padres y mis hermanas habían viajado varias veces y siempre decían que era una ciudad hermosa. Rodrigo siempre había querido venir. Mía había vivido con su madre en sus primeros años, pero jamás hablaba de eso. Mientras el ómnibus se alejaba del aeropuerto, yo intentaba pensar en el mar que estaba a mi derecha, pero que no podía ver.

Abrí un mapa para entender por dónde íbamos, mientras llegábamos, después de un rato por una amplia avenida, a Plaza España. No se veía nada. Bajaron algunos y otros subieron, y a mí no me importó no saber dónde acababa mi viaje. Me quedé sentado, intentando observar la noche y vi un taxi con las luces intermitentes, y una señora levantando la caca de su perro, y un autobús en la esquina, al que subían unos veinte chinos. Conté al menos veinte, pero eran más, y aunque no parecían turistas, me pregunté qué clase de paseo podrían hacer a estas horas. Nuestro autobús siguió su recorrido, que a mí empezaba a parecerme un juego de adivinanzas. Mientras avanzaba, yo trataba de adivinar si en la esquina habría una plaza, o doblaría a la izquierda, o si se nos aparecería algún edifico de Gaudí, o la jaula de Copito de Nieve. Al cabo de unas cuantas paradas, pensé fascinado que nos acercábamos a la Sagrada Familia. La rodeamos lentamente, y mientras varios de los pasajeros se movían para sacar fotos, yo pensé en Rodrigo y cuánto le gustaría conocerla, así que en cuanto pueda, me dije, le mandaré una postal con esta bestia enorme, tan en silencio y solitaria como un volcán descascarado y seco, un volcán que sabe que no volverá a escupir fuego, al borde del suicidio.

Luego llegamos a la plaza Cataluña y el autobús se detuvo treinta minutos. Yo no me bajé. Cuando emprendió el regreso al aeropuerto, yo empecé a hacer el camino de vuelta. Me pregunté si podría emprender todo eso otra vez y llegar a la terminal de la que había salido. Volver a la aduana, confirmarle al policía que no me quedaba a vivir en España, volver al avión retrasado, volar hasta Palma de Mallorca y luego a Madrid, regresar a Argentina, al taxi con Mía, a la comisaría con Rodrigo y quedarme allí con él, abrazados. Oler a mi hermano por primera vez, otra vez. O incluso regresar al jueves anterior. Salvar a Rodrigo de la cárcel y traerlo aquí conmigo. Mostrarle la Sagrada Familia. Él no hubiera intentado salvar a nuestra madre, pero Rodrigo y yo estaríamos juntos, los dos juntos en este autobús que volvía a ponerse en marcha y volvía a salir hacia el centro de Barcelona con los viajeros que llegaban a la ciudad y se iban a alguna casa, y con Rodrigo, que me pediría que fuéramos primero a ver la catedral de Gaudí, pero que luego nos fuéramos al Camp Nou, que compráramos boletos para el partido del domingo.

El chofer me gritó que por qué no me bajaba, y yo le dije que me había quedado dormido, así que volvía a hacer el viaje al centro. Tienes que volver a pagar, dijo el hombre, pero yo me hice el tonto y no me levanté del asiento. Apreté fuerte el sobre con el libro de Mía, y observé, ahora con el destello del amanecer que empezaba a iluminar con tibieza, los lugares que *ya* conocía: la plaza España, la Gran Vía, la Sagrada Familia, la Pedrera (que no había visto antes) y por último la plaza Cataluña. ¡Baje!, refunfuñó el chofer cuando pensó, tal como pensé yo, por qué no, que podría dar una tercera vuelta entre el centro y el aeropuerto.

Cuando bajé, me vi rodeado de mendigos que se protegían del frío contra las vitrinas de El Corte Inglés. Uno de barba larga, mucho más alto que los demás, estaba sentado en la vereda con un perro que observaba hipnotizado cómo bailaba un resorte colgado en el dedo índice de su amo. El hombre tenía unas botas nuevas y relucientes. Sonreía. Sonreía al perro, me sonreía a mí, sonreía con la vista fija en algún lugar perdido, y también sonreía a unas monjas que pasaron sirviendo chocolate caliente, diciendo unas cosas en catalán que yo no entendí. Me dieron uno y lo bebí rápido. Pensé que así podría Barcelona abrirme los brazos, y que, si bien Mía y Rodrigo no estaban aquí conmigo, yo estaba aquí gracias a ellos, que me habían autorizado empezar una nueva vida.

No había más explicación que esa. Y yo no necesitaba explicarme nada.

Un rayo de sol apareció entre las nubes que cubrían el cielo. Duró un segundo, o acaso menos, pero sirvió para iluminar todo a mi alrededor. Giré para ver todo lo que me rodeaba. Noté todo diferente, extraño y a la vez familiar. Estos edificios, los modelos de los autos, las plantas que crecen en la plaza, los arbustos y las flores, la urgencia de los caminantes, las bolsas de colores de las mujeres, rojas, marrones, las botas a tono, las vidrieras de los negocios, hay rebajas, las señoras mayores, la barba de los hombres, los niños que llevan camisetas de futbol, dos, tres, van a la escuela, llegan tarde, los abrigos, largos, oscuros, solo uno de color verde. Miro a la gente que me mira sin mirarme, no nos conocemos y tal vez no nos conozcamos nunca. Algunos llevan trajes de otros países, nadie es de ningún lado.

No soy nadie para ellos, como ellos son extraños para mí, o habitantes de este nuevo mundo al que acabo de aterrizar, igual tan igual al planeta que dejé solo dos o tres días atrás. Soy un recién llegado, uno de sus habitantes de siempre, pero también soy un viajero que huye y lleva la sombra enorme de la vida sobre la cabeza. Salgo y entro de ciudades, y me llevo conmigo a Rodrigo, a Mía, a mis padres, y los sueños que se sueñan reivindicando la vida, al menos esta vida mía.

Caminé hasta la esquina y entré a un supermercado que estaba abierto las veinticuatro horas. Compré unas galletas y vi que vendían Fernet. ¿Cuánto demoraré en venir por una botella? Nunca entendí que se pusiera de moda una bebida tan asquerosa, pero estoy seguro que, en las extrañas operaciones de la nostalgia que hoy quisiera prometerme evitar, regresaré a comprar una botella para tomar quién sabe con quién. En un corcho había papelitos con avisos de habitaciones, trabajos, servicios: una chica que se ofrecía a leer a ancianos o a ciegos, nanas, clases de catalán, de inglés, de chino, de encuadernados, uno decía *Aprendre a teixir* y no supe qué era eso. Había varias habitaciones en alquiler, anuncios de hostales, algunos muy cerca de aquí. Arranqué varios de los números de teléfono y los guardé en el sobre.

Crucé la plaza y empecé a bajar por las Ramblas, entre los puestos de flores y posters de Rivaldo campeón con el Barça, y los anuncios con Las Meninas. Me metí en una calle por la derecha, y vi que un hombre indio o paquistaní, delgado y alto, vestido con un dhoti bordado en dorado, subía con fuerza la persiana metálica de su negocio de cambio de dinero con un locutorio con cabinas telefónicas para hablar al extranjero, además de servicio de fax y de correo, y al mediodía pollo al asta.

Me miró y me dijo que ya podía pasar, si quería, que ya estaba todo conectado y barato. Cambié dólares por pesetas, y me dio tantos billetes que tuve que agarrarlos con una gomita elástica. Me miró también con la mirada del extranjero que observa a otro extranjero, en medio de un territorio que nunca es neutral, midiendo cada paso y gesto, entre algo de desconfianza y algo de solidaridad, viendo quién dispara primero, quién estafa a quién, quién ayuda al otro. Pensé que tendría que llamarle o escribir una postal a Mía, decirle que llegué bien, o a mi hermana que tal vez haya ido a buscarme al aeropuerto. Entré pero solo llamé para concertar la cita por la habitación, y quedaron en recibirme a las doce, a unas cinco cuadras de allí. No llamé a Mía, ni le escribí a nadie.

No llamar a Mía era seguir de largo. Le pregunté al señor por el Museo Picasso, si estaba cerca. Me explicó que estaba exactamente hacia el otro lado. Me despreocupé de Mía y de Isa. Decidí que ellas no estarían preocupadas por mí. Entendí que estaba siendo descortés y algo injusto, pero quise apurarme porque se estaba nublando e iba a llover, y yo de pronto tuve unas súbitas ganas de ir al Museo de Las Meninas, y no entendí la razón de mi antojo, y me pareció bien. A partir de ahora entendería muy poco de las cosas que me ocurrirían, pero no dejaría de hacerlas.

X

Volví a las Ramblas, bajé unas cuatro o cinco calles y luego doblé a la izquierda, tal como me habían indicado. El bullicio era cada vez mayor y la gente iba y venía, y si lograba elevar la mirada por sobre la muchedumbre, podía ver el diseño de los edificios, la belleza de las ventanas, las ropas colgadas en los balcones viejos, el cielo perdido en las alturas. Luego de cuarenta minutos, y de extraviarme a gusto entre las callecitas que se me figuraban más como un laberinto que como una ciudad, llegué al Museo y estaba cerrado. Abrían a las diez, así que caminé un poco más, compré en el kiosco de diarios una guía barata para saber qué tenían allí, buscando la exposición de Las Meninas, y me senté a ojearlo en un café a pocos metros, en una plazoleta donde desde tan temprano ya había algunos skaters intentando hacer sus juegos y saltos estrambóticos.

Sentí algo de cansancio, pero no demasiado a pesar de llevar como tres días sin dormir. Me relajé al sentarme, cerrarme nuevamente el abrigo y sentir la brisa suave pegando en mi cara, mientras observaba en la guía los estudios e interpretaciones que Picasso hizo de Velázquez.

En la maleta traía mis cuadernos, mis lápices, pinceles, algunos óleos, sobre todo el bermellón de 34 que no se conseguía en cualquier lado. Iba a volver a pintar y, por supuesto, a vivir de ello. Desde que empecé en esto siempre me fue muy bien, le compré el departamento a mi padre, pude pagar la universidad de Rodrigo y mantener a casi toda la familia cuando él decidió perderlo todo. Ahora me tocará pagar al abogado. Por eso es que en esta ciudad, en este país nuevo, no tenía otro plan más que sentarme frente a un caballete y pintar lo que tuviera que pintar. También porque estoy seguro que es lo único que sé hacer bien. Mientras desayunaba pan con tomate y jamón serrano, vi que sobre esta misma plaza había un pequeño hotel con unas ventanas con buena vista, así que apuré el café, pagué y crucé decidido a pedir una habitación para una semana. Esto me daría tiempo para poder encontrar otra cosa, o al menos poder dejar la valija.

El cuarto no era muy amplio, pero sí cómodo y cálido. Tenía una heladerita, una mesa para trabajar, la cama, el baño, un espejo, todo lo necesario. No traía mucha ropa, así que guardé lo poco que tenía en el clóset y saqué las cosas de pintar. Sobre la mesa dejé el libro de Mía, esperando poder sentarme a leerlo en cualquier momento. Me di una ducha, me cambié la camiseta y volví a bajar para poder visitar el museo. Había olvidado la guía en la mesa del café, pero al pasar por ella ya no estaba. Ahí me di cuenta que mejor debía regresar a buscar el libro de Mía a la habitación, no vaya a ser cosa que se me pierda, o que alguien entrara y lo robara. Prefería Seguir llevándolo conmigo.

El museo me aburrió rápido, así que fui directo a buscar la exposición principal de Las Meninas y fui observando cada uno de los cuadros por largos minutos. Eran más de cincuenta. Cincuenta y siete, para ser exactos. Faltaba uno solo de la colección completa. Yo debería estar maravillado, pero aún no sentía ninguna alteración en mis emociones. Algo me hacía ruido en la panza, pero a lo mejor era hambre o cansancio. Me acuerdo cuando con Mía vimos un documental en la Cineteca, en una muestra que habían organizado los del Centro de Estudiantes, en el que contaban sobre la primera visita que hizo Picasso, cuando era un niño, al Museo del Prado y se enfrentó a Las Meninas de Velázquez. Quedó tan impresionado que ese hecho marcó su vida para siempre.

Recuerdo que en ese momento Mía me apretó la mano, siempre mirábamos las películas tomados de la mano, ella recostada sobre mi hombro derecho, peleándonos con los que hacían ruido al comer o repitiéndonos las frases en francés en el oído. Mía cerró sus dedos entrelazados a los míos porque esa era nuestra manera de decirnos cosas, de entendernos en silencio cuando estábamos en el cine, de ponerle una marca a un momento, a un instante. También era su manera de decirnos que ella y yo, que el hecho que imprimiría nuestra vida seríamos nosotros mismos frente a una peli, frente a un cuadro o subiendo una montaña o yendo en el coche por la carretera hacia el mar poniendo canciones, o haciendo carteles para las marchas de la universidad, despertando juntos en la misma cama bajo el sol del invierno.

Pero yo ahora, lejos de todo eso, a un par de años de todo aquello, lejos de la mano de Mía en el cine, parado frente a algunas de Las Meninas de Picasso quise sentir algo, pero no sentí nada.

Me quedé un buen rato estudiándolas una por una, las repasé varias veces, hasta que me senté en una de las bancas y quise dibujar. No traía más que el libro de Mía, así que saqué una de las hojas y en el reverso empecé a hacer bocetos y ensayos del perro, la infanta, el enano, los reyes en el espejo. Se me daba fácil, así que pasé pronto de unos borradores a unas ilustraciones en lápiz lo más fieles posible al original, aunque en blanco y negro. La gente pasaba, se quedaba observándome alrededor, y por supuesto admiraba los dibujos en los papeles que iban cayendo al suelo. Ya llevaba siete u ocho cuando un grupo de niños de una escuela los agarraron para llevárselos, no sé si para hacer avioncitos o regalárselos a la madre, que los podría poner con un imán sobre la heladera, cuando me di cuenta de que esas hojas no importaban por lo que yo estaba haciendo, sino por lo que al reverso había escrito Mía.

Mientras guardaba las hojas noté algo por primera vez. Leí en esos cuadros, en el cubismo de Picasso que tenía frente a mí, esa posibilidad de perspectivas que siempre me habían explicado pero que nunca había entendido. "Hay que darse la posibilidad de la perspectiva", había escrito Mía una vez en el espejo del baño. Otro día me escribió: "M: la perspectiva es un lujo. M." Me gustaba eso de ella, que siempre tenía alguna idea o frase o declaración de amor que escribir con rímel en el espejo del baño.

Ahora vi los fragmentos del cubismo de estas pinturas y entendí por primera vez aquella frase de Mía, la idea de la posibilidad de la perspectiva que le había dicho un profesor en alguna clase. Pero ahora podía ver, verme, vernos, recortados en ángulos nuevos que jamás habíamos visto, como en una diáfana superposición de los hechos de nuestras vidas. Mía durmiendo sobre mí, la primera noche que vimos *El Padrino* en pleno huracán, Rodrigo contagiándome el olor de su cuerpo haciéndose mayor de edad encarcelado, mi garganta, mis padres tal vez en paz, eso nunca lo sabré, el olvido al que había enviado a Eugenio. Esta Barcelona fría, la universidad, mis miedos, la amenaza de la muerte, las ganas de seguir adelante, se juntaban como fragmentos geométricos de un espejo roto que era yo mismo, un espejo sin un beso pintado con rímel, que ahora no era más que un tipo flaco que se volvía a dejar el pelo largo, al que le picaba la garganta, al que le salían de pronto un par de canas en la barba un tipo que tenía un lápiz en la mano, parado frente a un cuadro que devolvía una antología hecha de pedacitos de una vida entera, de un puñado de vidas, que se daba, por fin, la posibilidad valiente de la perspectiva. Ese lujo.

Cuando quise seguir dibujando, se me acercó un guardia para decirme que, si quería hacer copias, debía registrarme en el libro de artistas en la oficina de la directora, y que debía presentar mi carnet de la Academia de las Artes, por lo que fui con la directora, que me explicó que solo los miembros de la Academia de las Artes podían trabajar en el museo y me señaló toda la burocracia que se requería para entrar en esa Academia de la que yo nunca había oído hablar. Sobre su escritorio había una cajita en la que resguardaba las credenciales de los miembros que entraban al museo, así que en un momento en el que se levantó para pedirle el formulario de registro a la secretaria, aproveché para guardarme una. Firmé la solicitud, la saludé y me fui. Cuando estaba saliendo a la calle creí oír una voz conocida que me desconcertó. No era nada más que una coterránea, que obviamente no conocía, pero cuando recién te mudas de planeta todos los marcianos te parecen tus familiares.

Volví al otro día y todos los días siguientes. La credencial era sencilla, así que no me costó nada reproducirla y ponerle mi nombre y mi foto. Nadie podría distinguirla de las originales, porque mis copias eran perfectas. Cuando regresé al Museo, presenté la mía y devolví la otra diciendo que la había encontrado en la calle. Cada mañana que volví fue para estudiar cada uno de los cuadros de Las Meninas, los cincuenta y siete, mientras me preguntaba dónde estaría el que faltaba. Me detenía especialmente en uno de la infanta Margarita María acompañada por Isabel de Velasco, ya que era un tanto especial para mí. Mi padre me había contado que él lo había tenido en la galería. ¿Tendría algo que ver lo de mi padre con el cuadro que falta? El cuadro ausente era otro de la infanta e Isabel de Velasco, el de las cabezas en blanco y negro. Una historia rara, increíble para cualquiera, que me perturbó durante mucho tiempo.

En los libros que había en la casa estaba un álbum de Picasso que mi madre muchas veces nos mostraba después de la cena y que en la portada tenía estas meninas. Mi primer cuadro fue una copia de este. Una muy mala copia. Pero mi primera buena copia, también fue de este, y se lo regalé a Mía.

En el hotel pensé en Picasso obsesionado con Velázquez y en su encierro de ciento veinte días pintando compulsivamente estos cuadros. Pensaba que esta era su manera de dejar atrás su propia historia, y si Picasso había podido dejar atrás a Velázquez, una obsesión tan grande, por qué yo no iba a poder hacer lo mismo conmigo, tan poca cosa. Quise dormir una siesta, pero estaba demasiado inquieto para descansar, por lo que salí a caminar. Regresé a Plaza Cataluña, donde todo había empezado esta madrugada. Cuando estaba llegando, cerca del Hard Rock Café, un fuerte chaparrón me hizo correr a guarecerme, y me metí al FNAC de la esquina.

Entré mojado y apretando con fuerza el sobre con el libro de Mía, que ya estaba todo arrugado. Me sentía con buen ánimo, y en cierta medida, feliz. Había encontrado un buen lugar donde dormir cerca de unos picassos, y en los metros que corrí para refugiarme de la lluvia, buscando techos entre los negocios alrededor de la plaza, tuve un sentimiento de mucha vida y alegría. Pensé en la sonrisa del mendigo del resorte de la mañana y sus botas nuevas y en algo que me decía Mía muchas veces, casi siempre para regañarme: la tristeza es una forma de egoísmo. Una vez, después de una pelea, lo escribió enojada en el espejo del baño. La frase era de una canción brasileña y tenía bastante de cierto. Yo ahora no podía ser egoísta. Rodrigo había sido generoso y me había dado este regalo, así que no podía más que honrarlo. Estaba empezando otra vez.

XI

Caminé unos pocos metros dentro del FNAC y observé a una mujer que se me hizo conocida, ¿otra marciana? Cuando se dio vuelta vi que era Amelia, una vieja compañera de la secundaria. ¡Ame!, le grité. ¿Qué hacés acá? ¿¡Vos qué hacés acá!?, nos dijimos sorprendidos al mismo tiempo y nos dimos un abrazo a la vez que nos reímos en el momento que se me cayó el sobre con el libro de Mía, desperdigando los papeles alrededor de nuestros zapatos mojados.

¿Son tus dibujos? ¡Qué maravilla!, dijo Amelia. Siempre tan genio, vos. Nos miramos y nos reímos. No podíamos creer la casualidad de volver a encontrarnos, en este lugar y de esta manera. Ya no es tan inusual, me dijo Amelia, cada vez se vienen más. ¿Cuánto tiempo hacé que estás en Barcelona?, me preguntó mientras me ayudaba a recoger las hojas. Le conté que había llegado esa misma mañana, que había recorrido parte de la ciudad dos veces en el autobús del aeropuerto, que una monja me había regalado chocolate caliente junto a los mendigos, y que me había instalado en un hotelito en la parte vieja e iba a buscar trabajo para quedarme.

—¡Qué fuerte, tío! Como todavía pintás, te puedo hacer presentar a Mont, mi marido lo conoce. Le voy a decir que te lo presente.

También le conté lo de Rodrigo, a quien Amelia conocía muy bien. Me preguntó por Julia e Isa. No le respondí, y tampoco le hablé de Mía, solo me ocupé de guardar cuidadosamente, aunque desordenado, el libro en el sobre. Amelia, Ame. No lo podía creer que así me recibiera Barcelona. No llevo ni un día aquí, y de pronto el pasado me devuelve un zarpazo con su lado más amable. Veo los detalles en la cara de Amelia, las pecas, la mejilla, los ojos inquietos, el pelo rubio y ondulado dándole brillo a la cara, la sonrisa. Todo estaba intacto.

Amelia era la de siempre, sea lo que esto signifique. Estás como siempre, me dijo ella. ¡Con el pelo largo! Y qué ojeras tenés. Volvió a decirme que me recomendaría con Mont, el genio español que era muy amigo de su esposo, son medio socios, aclaró, y que me iba a ayudar a encontrar dónde quedarme. Incluso puedes venirte unos días a mi casa, vivo en Girona. Amelia tiene esa capacidad de ver todo en un instante y buscar una solución a todos los problemas del universo. Si el mundo se está cayendo, lo mejor es avisarle a Amelia, que sin saber cómo lo hace, se te aparece con un tinglado para sostener el cielo. Siempre fue así.

Amelia es para mí la época de los estudios en el secundario, era mi mano derecha en aquel Centro de Estudiantes, el primero, y la única con un sentido práctico que nos ayudaba a llevar a cabo las ideas que se nos ocurrían. Amelia era una admiradora de mis dibujos, en ese tiempo aún no eran *pinturas*, eran dibujos, y siempre me alentaba y me decía que iba a ser alguien importante. Amelia era música. Tocaba varios instrumentos con un talento inusitado a esa edad. Ahora solo se ocupa de criar hijos, me dice. Yo la miro, la oigo, aquí los dos parados, sorprendidos, alrededor de una estantería de novedades discográficas, y la recuerdo en los actos en el patio, cuando yo tocaba en la desastrosa banda de música intentando afinar esas melodías castrenses en medio del viento y el frío que siempre azotaban la escuela. Sonábamos horrible.

Formábamos parte de la banda de música que destrozaba una vez sí y otra también cada una de las canciones patrias que nos habían heredado los militares. El director, un ex almirante, nos miraba siempre ceñudo, mentón alto, sin perder la letra de este himno a Noséqué que nunca nos aprendimos. Allá siempre hay un himno a Algo que nos obligan a aprender, y lo peor, a escuchar de esta banda de músicos de cuarta que éramos. Le recuerdo a Amelia todo esto de la banda y nos reímos. Siempre confundíamos la letra, ¿te acuerdas?, reemplazábamos palabras por cacofonías similares, pero vista al frente, dice Amelia, cantábamos.

—Vos tocabas muy bien.

—Y sí, qué querés, si desde los cinco años estaba estudiando. Además, éramos cándidos soldados de la patria, ¿te acordás? Adorábamos la bandera, saludábamos con honores al señor inspector que nos visitaba, a su señora esposa, al cura párroco. Vos siempre en la hilera de los niños bien peinados, de eso sí me acuerdo.

—Yo te miraba las piernas. Las rodillas descubiertas debajo de la falda del uniforme.

Ahora que nos vemos tantos años después, recorriendo una disquería camino a tomar un café en el segundo piso, en una ciudad que no conozco y que ella se sabe de memoria, Amelia me habla de cómo es este lugar, me lleva hasta la parte de música clásica, le pide al vendedor un disco de Glenn Gould, que paga y pide que lo envuelvan para regalo. Lo guarda en el bolso. Me cuenta cómo es la ciudad, cómo son los catalanes, qué tengo que hacer y yo me acuerdo de cuando éramos chicos, de sus piernas y de las veces que hicimos el amor faltando a clase.

—Allá están los discos de tango. Ahora crees que no los necesitás pero en poco tiempo vas a venir a buscarlos desesperado. ¿Viste que vieja estoy?

—Estás tan bien como siempre, nena.

—¿Hasta cuándo me vas a decir nena, pibe? —me pregunta riendo.

Ahora Amelia habla, gesticula, fuma un cigarrillo tras otro, pregunta y responde, monologa frente a un vaso de café antes caliente y mi sonrisa indisimulable. Habla de sus dos hijos, una nena y un nene. Me imagino a la chiquita con sus mismas pecas. Lo grandes que están, cómo se llaman en sus nombres catalanes y por qué les puso esos nombres, me muestra fotos y confirmo: la niña tiene sus mismas pecas, es preciosa; dónde están en este momento, y dice que necesita una cabina para avisarles que llega temprano, ¿vale? Dice ¿Vale? a cada rato. Me cuenta que vino a la ciudad por unos trámites porque ya le están por dar la nacionalidad.

Se va a tomar el tren de las cuatro de la tarde, me dice, y yo quisiera convencerla de perder el tren, una habilidad que antes, sobre todo con ella, se me daba muy bien.

Pocas cosas mantengo de aquella época del secundario. Casi todas remembranzas alrededor de esta mujer. Esta mujer que ahora, de pronto, me obliga a ponerme serio, a parpadear neuróticamente y que hace hervir, con solo nueve palabras, toda mi sangre. Ella acaba de comentar, así tan fresca, como si nada, en medio de cualquier cosa:

—Qué lástima que nunca hubo nada entre los dos.

Pe… ¿qué, có…? Me tropiezo en monosílabos. Abro mis manos como un Cristo suplicante, pongo cara de circunstancia. ¿Pe… qué… cómo que nunca pasó nada entre nosotros, no te acordás? No, responde entre risitas incómodas y quizás un poco de culpa. Amelia me dice que no. Mi primera novia me dice que No. Aquella primera vez me dice que No.

Podría yo ahora echarle en cara cuando ella misma largó entre los pasillos del colegio el rumor de que en una semana estaría conmigo. De cómo me llevó a su casa, hecho al que yo jamás me hubiera negado, con la trillada excusa de un trabajo de Química. Podría decirle a Amelia, podría decirle ahora mismo si no fuera tan triste hablarle a un sordo, a una sorda, a una extranjera que insiste en hablar con el acento de su nuevo país, de las cosas que ella me dijo para tranquilizar mis nervios. De cómo me temblaban las manos, del sudor incontrolable, de cómo se me bajaba cada vez que su perro aparecía en la puerta de la habitación. Podría decirle que en la vida nunca, pero nunca, se olvida una mamada como la que me hizo. Estableció con ella un canon al que debían ceñirse cada una de las que la siguieron.

Por suerte, no faltaron de las buenas. En aquellas épocas mis amigos y yo las anotábamos en un cuaderno. Las registrábamos a todas. Teníamos de todo tipo: deliciosas, reactivas, glotonas, jugosas, redentoras, juguetonas, cantantes, con mordidas, con dulce de leche, de balcón, pagadas, Como si fuera un helado, tranquila-yo-te-aviso. Algunas antológicas, luchadoras sin par por segundos o terceros puestos en un delicado y estricto top ten. Pero la de Amelia, la de Amelia aquella primera vez, siempre en el número uno.

Después de aquel momento de fundación oral, se me subió y comenzó a cabalgarme sin cesar, gimiendo tan fuerte que su perro ladraba a su ritmo al lado de la cama. Yo temía que se abalanzara rasguñándome, pero Amelia me decía Tranquilo, no hace nada, y me besaba y me enseñaba a cambiar de posición y otra vez duro, me iniciaba sudoroso en la más maravillosa y deleitable tarea que a un adolescente se le puede imponer. De aquella vez tampoco puedo olvidar la contracción nerviosa del alivio post orgásmico. Mientras fumábamos desnudos, cubiertos hasta el pecho por un grueso cubrecama como en las películas, y mientras me contaba que una novia de Pavese se llamaba Amelia como ella, e iba a ir a buscar un libro de él para leerme, yo noté cómo mi cuerpo iba relajando sus músculos, y en esa misma liviandad una contradictoria tensión que subía por la quijada, hasta dejarme duro el cachete, y paralizaba el lado izquierdo de mi cara.

Con esta parálisis facial oí el poema que recitaba, le di unos últimos besos, y me fui de su casa. Así vi a mis amigos y así seguí por casi un mes. Mi primera vez tuvo una marca en la cara y un tic algo gracioso que tardó bastante en desaparecer. Como un día desapareció Amelia. Porque un día se fue y no volví a verla hasta hoy, en Barcelona. Pero ahora ella, Amelia la de las pecas, la de las piernas más lindas del mundo, la música y la novia de Pavese, mi primera mujer, la de la mejor mamada, me dice que todo esto no existió.

Al poco tiempo de aquella vez, cuando yo aún tenía media cara paralizada, Amelia se mudó. Su padre, alto cargo en la petrolera, fue trasladado al sur, y se fueron de un día para otro, sin despedirse de nadie. No volví a saber de ella, hasta ahora que me la encuentro escapando de la lluvia, topándonos mojados por la lluvia, dentro de un FNAC de la plaza Cataluña de Barcelona, a pocas horas de haber arribado a la ciudad de mi nueva vida.

Pasaban los minutos y Amelia se iba a ir pronto, pero quería comprarse un par de zapatos que vio allí cerca, y me ofrecí a acompañarla. Luego ella prometió que me acompañaría hasta el estudio de Mont. Yo no podía sacarme su negación de la cabeza. No seguimos hablando del tema, pero yo no podía pensar en otra cosa. Siguió contándome su vida en estos años sin vernos, sus viajes, sus dos maridos, el primero argentino, y el actual catalán, y sus niños otra vez. Hablamos un poco de política. Ella había militado en el mismo partido universitario que Mía y yo, pero en ciudades diferentes.

La empleada de la zapatería la trataba con desdén y le traía los zapatos que ella iba pidiendo. Ahora unos con tacos más altos. Yo a su lado miraba la alfombra y las cajas con pares viudos que se iban juntando a nuestro alrededor. Amelia seguía siendo esa niña caprichosa pero encantadora, a la que nadie podía decirle que no. Yo también fui un capricho suyo, aunque ahora lo niegue. Por aquí iba mi pensamiento cuando me pregunta si me gustan estos zapatos o los otros, a lo que respondo que Sí. No, me decís que sí para apurarme, te parecés a mi marido, y sigue haciéndose bajar sandalias, botines y guillerminas. Un aire abatido tiznó el ambiente entre las decenas de zapatos. Esta mujer, con su olvido, me desdibujaba para siempre. Pedazos de mí, trazos en carbonilla que sobrevivieron afanosamente el correr de los años, se difuminan por el paso certero de un dedo mojado, de una goma deshecha o de una frase dicha. La frase que niega un beso.

La acompaño hasta el tren, y cuando va a entrar a la estación me besa en la boca.

—Hoy no nos dio tiempo para ir a casa de Mont, pero no te preocupes que lo hacemos pronto. Anotá mi teléfono. Llamame cuando quieras, ¿vale?

Lo anoté en una de las hojas del libro de Mía.

—¿Estás escribiendo un libro? —preguntó Amelia.

—No, nada. Esto no es nada.

—También anotá el de la oficina de Mont y buscalo directamente. Decile que yo te lo di. Qué triste lo de Rodrigo, todos sabíamos que eso iba a acabar muy mal. Qué bueno que te viniste acá. Acá el pasado no existe. Disfrutá eso. Es un regalo que solo se da una vez en la vida.

Sacó del bolso el disco que había comprado y me lo dio. Es Glenn Gould, disfrutalo. Nos los enseñó Margo, ¿te acordás? Y bienvenido a Barcelona.

Puse el disco en el sobre del libro de Mía. No creo que vuelva a verla. Yo levanto una mano, la agito sin pasión, finjo saludarla pero me pierdo en la señora gorda, de vestido de rayas azules, que intenta pasar su bolso por el molinete. Amelia la ayuda a atravesar. Me mira y sonríe. En un par de minutos el tren se habrá ido. Ellas estarán sentadas al lado y ya charlarán de sus hijos. Amelia mostrará las fotos de los suyos.

Volví a entrar al FNAC y compré un minicomponente. Al salir volvía a llover, así que compré por cuatrocientas pesetas un paraguas que vendían en la calle y regresé al hotel. El viento desarmó el paraguas a las pocas cuadras. Las hojas estaban casi todas mojadas y el sobre empezaba a romperse. Al entrar a la habitación me quité la ropa empapada, saqué el minicomponente de la caja y lo coloqué en una esquina de la sala. Lo enchufé y puse el disco de Glenn Gould. Luego fui sacando las hojas una por una con sumo cuidado y las coloqué por todo el piso. Eran cientos de hojas escritas en una letra pequeña y ajustada. De pronto el libro de Mía, que eran sus escritos pero ahora también eran algunos de mis ensayos y bocetos, mis dibujos, estaba desperdigado por toda la habitación.

Cubrían la cama, la mesa, el piso, el baño, la silla, los estantes del ropero. Para secar las hojas había dispuesto de este nuevo territorio escrito y dibujado, pero hirientemente blanco, que se unía a la claridad del techo. La luz suave sobre el escritorio se reflejaba sobre las cientos de páginas que lo cubrían todo. Me acosté desnudo sobre la cama, mejor dicho sobre las hojas que estaban sobre la cama, y observé la luz que entraba por la ventana. Gould tocaba las Variaciones Goldberg, pero las del 81. Sentí frío. Volcado sobre uno de mis lados, me tomé fuerte las rodillas y percibí con la mirada y el tacto de mis dedos apretando la piel, todo lo que me envolvía en ese momento. Tenía una nueva perspectiva. Otra posibilidad de perspectiva. Me sentí flotar como un feto en medio en un líquido de memoria. Yo no pesaba nada y estaba en medio de todo eso, todo tan diáfano y luminoso. Sentí el abrazo de Rodrigo, me sentí con él en el mismo cuarto blanco y, por fin, después de tres días, me dormí.

XII

Pasé todo el mes de diciembre yendo a diario al museo. Me levantaba a las nueve, desayunaba en el café de la esquina y me encerraba unas cuantas horas frente a Las Meninas para estudiarlas y dibujarlas en el reverso del libro de Mía. Luego regresaba al hotel y reproducía durante todo el día, lo más perfecto posible, algunos de los cuadros que la agencia de Mont me iba pidiendo como prueba. Una vez a la semana, a eso de las diez de la noche, pasaban a buscarlos en una camioneta y ya no sé qué pasaba con ellos. Yo hacía la vida tranquila, pintaba, escuchaba a Glenn Gould, fumaba y casi todas las noches bajaba al bar y pedía una sopa o una tortilla de patatas, algo simple para cenar. Luego caminaba por el barrio, y si el clima estaba bueno bajaba corriendo hasta el mar.

Así seguí las semanas siguientes y mucho tiempo más. De la oficina de Mont me dieron un encargo muy especial, que era hacer un par de los cuadros que se iban a exponer sobre los surrealistas en el Museo en la gran celebración del cambio de milenio.

A Mía le encantaban los surrealistas y había escrito de ellos en varias revistas. Había escrito de Nadja como la tierna y perturbadora musa, que había sido la primera Maga de París antes de *Rayuela*. Y decía que Breton era el tipo que más claro la tenía, por aquello de "la belleza será convulsiva o no será", frase que también escribió una vez en el espejo. A mí quien me fascinaba era Lee Miller, no sus obras, sino ella, sobre todo cuando posaba para Man Ray. A Man Ray le volvía loco el cuello de Lee Miller. Se lo fotografió mil veces, de mil maneras. Man Ray besaba y fotografiaba el hermoso cuello de Lee Miller con la excusa de que estaba inventado el surrealismo. Yo le decía a Mía que su cuello se parecía al de Lee Miller. Esa delicadeza altiva, desnuda. En esa época, mi debilidad con Mía estaba en su cuello, que según yo la erguía para observar el firmamento. Cuando recuerdo el cuello de Mía, que es el de Lee Miller, siento una embriaguez que me hace verlos por todos lados.

De las oficinas de Mont me llamaron a una reunión a las doce de la noche, donde iban a explicar algunos asuntos relacionados con la exposición. Todos allí eran unos excéntricos, y para ellos era normal convocar a una junta a esa hora. Me pidieron que fuera de traje y corbata, por lo que tuve que ir a comprarme ropa al Corte Inglés. Mont tenía su estudio en un palacete de varios pisos en pleno centro de Barcelona. Su estudio eran los dos pisos de sótano, y para llegar ahí se debían sortear varias medidas de seguridad.

En la junta estábamos los dos pintores convocados, dos funcionarios del Ayuntamiento, sus cua-

tro secretarias personales, el abogado, una enfermera y Mont, que hablaba por teléfono celular, algo
que nadie más tenía en esa época. Nos pidieron que
no dijéramos nada hasta que él nos hiciera las preguntas, y que en cualquier caso las respuestas fueran Sí o No, preferentemente Sí. Luego de firmar
unos papeles que nos dio el abogado, que tenían
que ver con el secreto y la confidencialidad, encendieron una enorme pantalla en la que pasaron un
video que había realizado la BBC sobre el propio
Mont: sus exposiciones en Tokio, la reciente retrospectiva en el Pompidou, y la futura inauguración
en Abu Dabi. Al acabar, este empezó a hablar.

—Marx propuso transformar el mundo, Rim-
baud opinó que lo que había que cambiar era la
vida. Y se fue a traficar armas a África. André
Breton, en una célebre frase prohibida por los es-
talinistas en el 35, completó, diciendo que "las
dos consignas para nosotros son una sola". ¡Qué
didáctico!

Se interrumpió para preguntarles a sus secretarias si estaban tomando nota. Ellas dijeron que sí,
y él continuó:

—Ellos, transformando el mundo y la vida y
el sexo y el arte y el amor —Mont enumeraba lento— y todo lo que se mueve, los surrealistas supie-
ron revolver todas las ideas sobre las ideas de las
ideas. El marqués de Sade y Charlie Chaplin, Rim-
baud y Lautréamont, los médiums, el olor a café y
a opio, la histeria y los indios hopis, la paradoja y el
suicidio. Ahora nos toca a nosotros repetir todo
esto, pero sin que nadie sepa que somos nosotros,
ni que lo estamos repitiendo.

Mont pidió a su abogado que sirviera de la botella verde que estaba sobre la mesa. Todos, excepto él, bebimos un brebaje más asqueroso que el Fernet, hecho de plantas alucinógenas, mientras seguía con su exposición.

—Imaginen que estamos en la rue de Grenelle en París, y somos poetas en vez de pintores, y estamos inventando algo que va a cambiar el mundo. El *sans sens* en su máxima expresión. Sé que es demasiado para nosotros, que somos simples mortales aburridos, pero ellos estaban ansiosos y necesitados de inventar todo. Tú, Patricia, ¿sabes que inventaron allí? —le preguntó a una de las secretarias.

—Una nueva poesía —respondió ella como en un jueguito conocido de memoria.

—Exacto, Patricia. Fue bastante simple —siguió Mont, quien tomó un papel, lo dobló en varias partes y se lo fue pasando a sus colaboradores.

El abogado escribió "El cadáver" y volvió a doblar el papel, los demás siguieron escribiendo una línea en cada doblez, hasta que llegó otra vez a Mont y pidió que apagaran las luces. En la pantalla proyectaron, en cámara lenta: "El cadáver / exquisito / beberá / el vino / nuevo". Como verán, ellos no inventaron nada. Simplemente mataron la poesía, gracias a Dios. Nosotros seguiremos resucitándola cada vez, para volverla a matar y volverla a resucitar.

Yo empezaba a sentirme mareado, pero también sentía mucha energía y no entendía mucho de lo que estaban hablando. Tenía ganas de salir a correr.

Mont se fue de la sala en su silla de ruedas, sin despedirse, y el abogado pidió que nos quedáramos para ver otro documental de Mont sobre Freud, que habían hecho hace unos años los de Televisión Española, en el que explicaba la necesidad de observar mejor los sueños y menos la razón. Yo extrañé a Mía en ese momento. Creo que fue la primera vez que la extrañé. A mí me gustaba ver películas con ella. "La mente es nuestro taller de futuro", decía Mont en el documental, queriendo citar a Guy Debord. "El problema es que estamos en Barcelona, en esta Barcelona que quiere ser París, pero que ha sacrificado sus violeteras. Esta ciudad está llena de ansiedad y de estos artistones que se hacen llamar infrarrealistas. Todos quieren ser el no va más del realismo visceral, y no sé qué cuartos."

Cuando acabó el documental, el abogado pidió a los funcionarios que nos entregaran las carpetas que habían traído, y en las que se explicaba que el Museo Picasso iba a exponer el próximo año una muestra multidisciplinar de arte surrealista, con obras de Duchamp, Braque, de Chirico, Matta, Dalí, Miró, Picasso, Magritte, Brassaï y otros más. Yo trataba de imaginarme a todos estos juntos, pero me interrumpió el abogado para decirme qué es lo que debía hacer.

Al salir de la reunión ya casi estaba amaneciendo. Hacía mucho frío y las luces de navidad aún estaban encendidas. No sé cuántas horas estuvimos allí. Salí de la casa y recordé la luz con la que me había recibido esta ciudad, y empecé a caminar hasta las Ramblas, para bajar al mar. Cuando llegué al muelle pensé en desayunar algo, pero tenía el estómago revuelto. Me quedé sentado un par de horas viendo el mar, observando cómo el agua golpeaba suave las maderas de los barcos y sin pensar en nada más.

Todavía drogado por lo que nos había dado Mont, regresé al Born, y llegando al museo vi que estaba rodeado de una larga fila de gente, cosa extraña ya que era lunes y los lunes estaba cerrado para el público, excepto para los que teníamos nuestra credencial de la Academia de las Artes. Me metí por la puerta pequeña de la vuelta y noté que dentro había un evento para niños organizado por el Ayuntamiento. Los niños llevaban globos de colores y gritaban cada vez que se les reventaban, como si fuera el mundo el que explotaba. Unos payasos contaban cuentos y un hombre de barba, alguien a quien Rodrigo definiría como un "hippie pasado", discutía con otro porque se negaba a meterse dentro de una enorme botarga con forma de dentadura a cuerda, de los de Normalización Lingüística.

Perdido entre tanto griterío infantil, intenté caminar por los pasillos y cerca de la sala de proyecciones me topé con unos que llevaban una camiseta blanca que decía en amarillo: Soy espiritista, sóc espiritista, sou espirísta, I'm spiritist. Me metí por debajo de un enorme cartel que daba la bienvenida al Tercer Congreso Espiritista de Barcelona y empezó la función. Pensé que alguien colocaría copas boca abajo y las letras del abecedario en círculos y esas cosas, pero esto era solo una obra de teatro contra el aborto. Quise escapar pero tuve miedo, ese miedo de verdad que se siente a veces, de encontrarme a Mont y que siguiera hablándome de arte, o los payasos o los niños gritando; por lo que preferí a los espiritistas. Pensé también en el miedo que me daría pensar en que Mía me olvidara.

Casi en penumbras, en el escenario un hombre y una mujer, marido y mujer desde hace cuatro años, hablaban con los espíritus de los familiares muertos. No podía concentrarme en lo que decían, tampoco es que me importara mucho, porque él era demasiado amanerado y ella estaba muy tensa, al punto de reírse en los momentos dramáticos de la obra. Al acabar el primer acto, una señora que parecía de la organización los interrumpió para avisar al público que ellos no eran actores, sino meros colaboradores del Centre Espirista Amalia Domingo Soler de Barcelona, pero con la voluntad de haber ensayado muchos meses. La gente aplaudió y yo también. Siguió la obra. La pareja, después de varios intentos, por fin espera un hijo. Según las ecografías, el niño tiene muchos problemas y pocas posibilidades de sobrevivir, si es que nace. La médica sugiere un aborto. Ante la duda, la madre muerta de la protagonista, espíritu presente en el proscenio, la asesora: no abortéis, no abortéis. El niño nace y a los días muere. Ella convence a su pareja de ingresar al movimiento espiritista, aunque seas tan pragmático, le reclama y, al poco tiempo, el niño muerto les envía una carta de agradecimiento a través de una sesión mediúmnica: Gracias por dejarme nacer. Fin. Todos aplauden y lloran. Baja el telón imaginario. Nadie se mueve, el congreso continúa, ahora con una charla sobre las propuestas espiritistas para la sociedad actual y sus paradigmas. "Hay un fuerte sismo dentro del espiritismo español", dice muy serio el exponente.

Todo ocurre en un mismo lugar, en un mismo edificio de Barcelona: Las Meninas, los niños y los payasos y los espiritistas. A alguien se le ocurrió consecuente juntar a los surrealistas con los niños y con la gente que habla a los espíritus. La realidad siempre se las arregla. A lo mejor fue el propio Mont. Y yo con traje y con la panza revuelta. El día se me fue construyendo como un cadáver exquisito. Con decisiones propias del azar, fui anexando fragmentos de vidas disímiles, experiencias impropias de un lunes, o de la mayoría de los lunes, o de cualquier día. Sin decisión propia sobre mi destino; dejándome llevar entre los surrealistas, los niños y los espiritistas. Y si me equivoco, qué sé yo, que se equivoque el destino.

Pienso en Mía, que se me aparece como si fuera un tango. Lleva otro nombre. Tu día debe estar peor, supongo, como para que aceptes la invitación a un congreso de espiritistas, le digo. Nos encerramos en el museo, y luego de estar un rato entre espíritus, me pedís que nos vayamos porque hay mala energía y no te reís. Nos sentamos durante horas a ver imágenes de un París, allá por los años veinte. Hablamos de las épocas equivocadas en las que nacen algunos. Ya ves, a veces pasa. Hablamos de Argentina, de la facu, de Rodrigo. Hablamos de nosotros y de lo que somos ahora. Vos y yo. Te oigo preguntar si esta es la realidad que nosotros mismos nos construimos. Es el cielo en el suelo, las caras de un solo ojo, las manos amorfas, el cuello de Lee Miller, que se parece al tuyo, y que ahora quiero besar con la pasión de Man Ray. Cuando pasa un niño y se le revienta su globo, descubro que ya no estás. Sé que te has ido, que sabes irte como se van las olas. Luego volverás, como vuelven los soldados, en silencio. Recordé algo del documental de Mont, una frase de Breton que decía "salid a las carreteras", pero ahora, por fin ahora, sé que todo es mentira y respiro en paz.

XIII

Unos años después, mi vida en Barcelona era igual a la del primer mes. Encerrado pintando, el museo, Mont, el disco de Glenn Gould que me había regalado Amelia, el bar de la esquina, y a eso de la medianoche, cuando por fin mitigaba la horda de turistas, salía a correr rambla abajo hasta el mar. Las pocas calles en las que me movía se convirtieron en mi nueva y única geografía, un nuevo mapa, un laberinto sin centro, que me distanciaba cada vez más de Mía, de Rodrigo, de Eugenio, y que trazaba con un pincel seco sobre el suelo. Las distancias apartan las ciudades, como dice la canción. Durante ese tiempo fui a diario al museo a copiar durante dos horas Las Meninas. Luego, en mi habitación, pintaba lo que la gente de Mont me iba pidiendo. De vez en cuando tenía que ir a su estudio, siempre a horas muy raras a sus reuniones aún más extrañas. A Amelia no volví a verla después de nuestro encuentro del primer día, y nunca más supe de ella. Luego conocí a Daisy, una colombiana que vivía en Barcelona y que se vino a vivir conmigo al hotel un par de meses. Pero eso también pasó como si nada, y por fin un día volví a quedarme solo.

Un día quise llamar a Mía. Llamé, pero nadie atendió en su casa. Tampoco en la mía. No sabía a qué otro teléfono llamar. Compré una postal en la Barceloneta, una foto antigua en la que se veía una playa llena de sol, y en primer plano unos marineros y unas mujeres. Le dije que en unos días me iba a regresar a Argentina. Que le daba las gracias por todo lo que había hecho por mí y por Rodrigo. Se la mandé a la dirección de mi vieja casa. No le dije nada sobre que me habían operado, y que por todo esto quería volver a casa. A alguna casa. Hubiera querido oírla al teléfono, me gustaba escuchar su voz como si fuera el eco de algún amparo.

Un tiempo atrás había notado cómo mi voz rasposa se había agravado, el picor de la garganta se había transformado en un ardor cada vez más molesto, y me costaba tragar cualquier cosa. Un dolor conocido, que pensé que había dejado en mi huida, pero se ve que hasta aquí me había perseguido para volver a atraparme.

Había adelgazado más de quince kilos, pero yo pensé que era por mi falta de apetito y del estado casi hipnótico con el que había estado pintando en todo este tiempo. El viernes por la mañana me costó levantarme de la cama por una fiebre que me tuvo débil. Así y todo intenté pintar y salir al museo.

Mientras estaba allí, caí al piso desmayado y me golpeé la cabeza contra uno de los bancos de metal que estaba en la sala. Llené la galería de sangre y una ambulancia me llevó a un hospital. Intentaron sanar la herida, coserla, pero la fiebre había vuelto a estar muy alta. No sé más nada de lo que ocurrió. Sé que me desperté un par de días después. De esos días no recuerdo absolutamente nada. No sé si soñé, si me morí, tampoco estuve en coma, aunque sí en terapia intensiva.

La cuestión es que cuando desperté, quise levantarme de un salto, y noté que estaba conectado a cables por todos lados. Estaba asustado. Demoré un momento en entender dónde estaba, qué es lo que estaba pasando. Al lado mío había una cama vacía y el aparato que tenía sobre mi cabeza empezó a pitar suavemente. Llegó una enfermera, me saludó con cariño, y detrás de ella entraron un par de médicos. La enfermera me tomó el pulso y me preguntó cómo me llamaba, de dónde era, a qué me dedicaba y sobre varios asuntos para saber si estaba consciente, y pude responder a todo, excepto qué había pasado en los últimos días. Uno de los médicos me dijo que había tenido este accidente, que me había caído en el Museo Picasso, que le gustaban mucho mis dibujos. En una mesa marrón, al lado del suero, estaba el sobre con el libro de Mía manchado con sangre.

Me explicó que habían intentado darme primeros auxilios y curarme en un centro médico, pero como luego tuve mucha fiebre, me trajeron al Hospital del Mar. Aquí llegué inconsciente y me tuvieron que poner en terapia intensiva. ¿No tienes a nadie en Barcelona? Llamamos al teléfono del estudio Mont, pero nos dijeron que no te conocen, comentó la médica. Tampoco una tal Isa, ¿quién es?

Una vez que estaba en cuidados intensivos, y luego de los estudios, notaron que la infección venía de un tumor en la garganta. Un tumor. Lo dijo lento, seco, como si nada, pero dijo tumor. Yo sentí con la palabra tumor un cosquilleo eléctrico en las piernas y que se me caían los brazos a los lados de mi cuerpo. Un tumor, dijo el médico. Había vuelto. Giré la cabeza hacia donde estaba el manuscrito y mis dibujos y oí que el médico agregaba: Y es maligno. Pero lo podemos tratar, lo vamos a tratar y a lo mejor todo va a ir bien. Vamos a trabajar rápido.

Luego habló de la glotis, del cáncer supraglótico, los vasos linfáticos, de los ganglios, el cartílago de la tiroides, la glándula. No sé qué más dijo, no podía prestar atención ni memorizar esa terminología. Quise que me abrieran el cuello, deseé que alguien me degollara ahí mismo, como se degüella a las vacas.

—¿Pueden quitármelo hoy?

—Aún no, vamos a hacer un tratamiento para estabilizarte y en unas semanas operamos. Tenemos que darte radioterapia para reducir el tamaño del cáncer, está avanzado. Luego veremos si recurrimos a la cirugía.

—Necesitamos contactar con alguien de tu familia —insistió la médica.

—No tengo a nadie. ¿Cómo va a seguir todo esto?

Al cabo de cinco días regresé al hotel, del que solo salía para hacerme las quimios, y regresaba solo para seguir pintando. No comía casi nada, pero dormía mucho y no soñaba. Al tiempo, entré al quirófano y me quitaron el tumor de la laringe. Todos celebraban el éxito de la operación y cómo con bastante esfuerzo podía hablar. Salía de mí una voz extraña que no reconocía, y aunque podía decir pocas palabras, podría haber dicho papá, mamá, pero eso no lo dije. Dije Mía, y la enfermera me dijo que ella no era de nadie, que no sea posesivo. Me reí, me di cuenta que el silencio en el que había estado durante este tiempo también era un silencio de risas y de sueño: el silencio total. Dije agua, mirando el mar por la ventana. Quise decir perro, pero no me salió. Dilo en catalán que es más fácil, dijo la enfermera, di *gos*. Dije *gos* mientras señalábamos a una chica en bicicleta que llevaba amarrado un perro grandote y blanco.

—Vete a dar una vuelta por el hospital, camina un poco que yo regreso en media hora. Si te portas bien mañana salimos a la calle y nos cruzamos a la playa, para que veamos chicas, pero no te entusiasmes porque no se te va a poner dura —dijo la enfermera.

En unos pasillos del primer piso del hospital había unas cabinas telefónicas. Le dabas el número a una señora que estaba sentada en la entrada y ella te comunicaba. Ahí fue cuando le hablé a Mía. Un segundo antes supe que debía regresar. Ahí supe que debía regresarme.

Pasé varios días haciendo ejercicios, curaciones, aprendiendo a hablar de nuevo, dije *gos* y dije perro, mirando el mar, y celebrando con las enfermeras sus cumpleaños, santos, divorcios y casamientos. Regresé al hotel una mañana fría que anunciaba la llegada del invierno. Entré a la habitación y todo estaba tal como lo había dejado. Mis cuadros, los óleos, los pinceles, el dinero en una caja, el disco de Glenn Gould, las notas del estudio de Mont sobre el escritorio, pidiendo que me apurara o avisando que iban pagando el hotel hasta mi regreso, pero que me lo iban a descontar.

Por primera vez me sentí detenido en medio de la vorágine, ciega y absurda, que habían sido mis días en Barcelona. Estaba agotado, y no sabía si es que había escalado el Montserrat o había cavado un pozo del que otra vez me costaría salir. Respiré y olí a humedad y a aceites y a medicinas. Sin siquiera quitarme el abrigo, tomé el pomo chico del bermellón que me había traído de Argentina, el sobre de Mía, los cuatro frascos de la pastillas, y bajé a la recepción para pedir un taxi. Di indicaciones sobre lo que debía hacerse con mis cosas. El taxi me llevó al aeropuerto. Compré un vuelo a Buenos Aires, pero el único que había era uno que salía a la mañana siguiente, vía París y en primera clase.

Me metí en el hotel del aeropuerto y llamé a Daisy para que viniera a pasar la noche y poder despedirnos. Daisy llegó en una hora y cuando entró pegó un grito al verme tan delgado, ojeroso y con la cicatriz en la garganta. Me abrazó fuerte y mientras me besaba en la boca se largó a llorar, y me preguntó si me estaba muriendo.

—¿Te vas a morir, Mike?

—Claro que no, Daisy. Estoy muy bien.

—Pero ¿por qué te vas a Argentina? ¿Por qué te regresas? La gente como tú solo se regresa a morir.

—No me voy a morir, Daisy, al menos de esto. Estoy bien.

—Los chefs mueren antes, Mike. Los grandes chefs, los de alta competencia, los que pelean y mueren por una estrella Michelin, mueren antes, Mike. Como tú. Aunque no sepas cocinar. Eres como esos.

Le conté todo lo que había pasado antes de que ella siquiera pudiera sentarse en el sofá. Oía toda mi descripción de pie, encima de sus taconazos y con gesto de asombro y desesperación ante los detalles. Caminaba por el cuarto hasta que yo empecé a reírme, a decirle que se tranquilizara, y vino conmigo para abrazarme. Ay, perdona ya sabes cómo me pongo con estas cosas.

Empezamos a besarnos en el sofá, y acabamos en el suelo. Hicimos el amor sobre la alfombra, y luego sobre la mesa y luego sobre la cama, y ella gritaba y gemía con exageración, pero sabiendo que eso me ponía más cachondo y que no podíamos parar. Oímos las quejas desde la habitación de al lado, porque la cama golpeaba con fuerza contra la pared. Yo disfrutaba y me reía de solo pensar que el médico me había dicho que una de las pastillas me iba a quitar el apetito sexual, pero seguro no contemplaba a Daisy.

Cenamos en la cama, y Daisy puso la tele para ver un programa que veía cada noche, y yo me dormí. Unas horas después me desperté cuando ella abrió las cortinas y entró la luz del sol. Estaba desnuda, con una braga verde, y en el contraste de la mañana su cuerpo resaltaba oscuro y perfecto. Se metió en la cama y me puso los pechos en la cara; empecé a besarlos, a tomarlos entre mis manos, cabían perfectos entre mis palmas y mis dedos. Luego tocó mi cicatriz con sus pezones duros, que sentí filosos como si fueran un bisturí. Bajó suave, lenta por el pecho, por la panza, el vientre hasta llegar al sexo, que se endureció de inmediato mientras lo atrapaba con las tetas para masturbarme a un ritmo precioso y cadencioso. Luego me besó y comenzó a hacer con su lengua el mismo recorrido que antes habían hecho sus pezones, hasta tragarse todo mi pene en la profundidad de su garganta. Veía su espalda rígida y sus nalgas contra la luz que entraba por la ventana. Ahí, detrás, estaba Barcelona. Veía el cielo y el culo de Daisy como dos montañas sagradas. El milagro de las despedidas.

La tomé por la cintura y quise quitarle las bragas, pero dijo que le había bajado esta mañana y que yo ya sabía que no le gustaba hacerlo cuando estaba con la regla, pero esta vez le insistí perdiendo mis dedos en esa humedad. Bajé a oler, a respirar profundo, a intentar meterme a toda Daisy en una inhalación, una inhalación profunda, y le pasé la lengua con empuje por encima de la ropa y sentí el gemido inconfundible, el gemido de Daisy, ese grito agudo y seco y desesperado y tierno, y entonces corrí la tela breve y la toalla mojada y empecé a lamer sus labios y a lamer y a frotar y a tragar el sabor ácido de su menstruación, que era como un néctar que calmaba el ardor de mi tráquea.

Daisy gritaba y clavaba las uñas en mi cabeza. Decía que me quería mucho. Te quiero mucho, jueputa. En el suelo me cabalgó a horcajadas. Acabamos pronto y ella se quedó recostada sobre mi cuerpo y empezó a llorar. Me abrazaba fuerte. Yo veía otra vez Barcelona por la ventana, y acaso esa vez era la última, y por fin comenzaba a despedirme.

Nos bañamos, nos cambiamos, se quejó que tuviera siempre el pantalón sucio con pintura. Aquí ya nadie coge, Mike, los españoles no sé qué hacen pero coger no cogen. Ahora no sé qué voy a hacer yo, me dijo entre risas y yo le respondí que ella siempre se las arreglaba muy bien. Y sí, por suerte cada vez hay más extranjeros.

De pronto me pidió que me fuera, que saliera de una vez. Vete, me dijo intempestiva. No alarguemos esto porque yo sí que sufro. ¿Ya leíste ese libro?, me dijo cuando nos despedimos en la puerta. Ve y busca a Mía, te está esperando. Y léelo. Ahí está la razón por la que tienes que regresar a Argentina, además de Rodrigo. Por algo te lo dio. Nadie puede ser tan egoísta como tú para ignorarlo de esa manera. Nadie excepto tú, claro. Lo leí cuando vivimos juntos, por eso me fui. Ve. Ve tranquilo. Todo está bien. Buen viaje. Te amo, como siempre. Ya lo sabes. Aunque esas cosas a ti nunca te importan. Chau, Mike, chau, guapo. Hasta siempre. Salúdame a Mía y llévale esta virgencita de la Peña, le prometí que se la mandaría. Cuida a Rodrigo.

Daisy sabía todo. Me dio un último beso, me arregló el cuello del abrigo y cerró la puerta. Se quedó en el hotel, y yo crucé al aeropuerto. Estaba a buen tiempo y sentí que la cicatriz me picaba, pero debía ser por la humedad. Pasada la puerta vi que otra vez había un anuncio del Museo Picasso, que presentaba la exposición del milenio con pintores cubistas y surrealistas que organizaba Mont, volví a verme en el reflejo del vidrio, con la venda en la garganta, me vi en *mi* cuadro de Braque y volví a sonreírme. *El descenso a los infiernos*, me despedía.

XIV

Conocí a Daisy en la calle, una noche cuando volvía de una de esas estrafalarias madrugadas en el estudio de Mont. Fue la época de mayor trabajo con Mont, no tanto por lo que pedía, sino por tener que aguantarlo con sus peliculitas y discursos alucinados y cursis sobre cualquier asunto de la historia del arte. Además, para un par de cuadros, los de la serie *Descenso a los infiernos* de Georges Braque, había pedido que lo hiciéramos en su estudio, ya que de ninguna manera podían salir de ahí. Había repartido el trabajo en turnos, y a mí me había tocado el de la noche. Entraba a las seis de la tarde y salía a las cinco de la mañana.

En esos días, Mont estaba por todos lados. Desde que había regresado al país, hace unos cinco años, su estudio trabajaba sin parar. Mont, aunque nadie lo supiera, tenía prácticamente inutilizado el brazo derecho, además de las piernas, después del accidente con su esposa. Sin embargo, su presencia en los medios era constante. Yo evitaba verlo cuando estaba en el estudio, si eso fuera posible. Me pasaba las horas encerrado en un cuarto del subsuelo del enorme estudio. Un lugar tranquilo. Podía fumar todo lo que quería. Tenía un buen sistema de aire, comida, frigobar, tele de última generación, e incluso una playstation que casi nunca podía usar porque el ritmo de trabajo era abrumador. También había cámaras que nos vigilaban todo el tiempo. Cuando salía, caminaba hasta el hotel, y una de esas noches conocí a Daisy.

Ella también trabajaba hasta muy tarde. Siempre volvía por las Ramblas pero nunca la había visto. Era sin duda uno de sus primeros paseos por ahí, y podría decirse que caminaba algo desorientada. O pensé que acaso había fumado tanto como yo y eso era todo. ¿Te vuelves solo a casa, guapo?, me preguntó. Aquí nadie habla así, ni siquiera habla, ni dice guapo. De no ser que me acompañes, le dije, y ella sonrió y restregó el dedo índice junto el gordo. No tengo dinero, lo siento, volveré solo. Pero si quieres ir a fumar luego, tengo para los dos.

Se largó a reír. Siguió caminando hacia el otro lado y con la mano izquierda me hizo el gesto de Vete, vete.

A los pocos pasos escuché su taconeo alcanzándome. Para lo que hay que hacer, dijo y se me puso al lado. El hotel quedaba a menos de tres cuadras. Íbamos con las manos dentro del abrigo, sin decirnos mucho. Lo más difícil de llegar a la habitación del hotel era subir la escalera estrecha del último piso donde no llegaba el elevador. Ella se resbaló dos veces. Esos zapatos no le permitían pisar cada escalón. ¿Cómo hacen las niñas para subir aquí? No suben nunca, le contesté.

Entramos, hice espacio entre los frascos de pintura y la invité a sentarse en el sillón o en la cama y eligió la cama. No tengo nada para tomar, le dije. Yo sí, respondió ella y sacó de su bolso una botella de ron. A los pocos minutos la aburrí con mi charla. Me preguntó por qué mis pantalones estaban llenos de pintura, ¿Eres artista? Se levantó y de la nada me dijo que se iba. Yo, la verdad, tenía ganas de que se fuera. De despedida, me dijo que se llamaba Daisy y me dio un beso. ¿Como la novia del pato Donald?, le pregunté entre risas bobas cuando ya bajaba laboriosamente las malditas escaleras. Las noches siguientes regresé al hotel por el camino de siempre, viendo si la encontraba, pero como no estaba, la olvidé. Fue una semana después, una madrugada después de una fuerte lluvia, que oí el silbido de una mujer y ella apareció detrás de un árbol. ¿Me invitas algo caliente?

Eres una de las personas más aburridas que he conocido, me dijo ya tirados en el sofá, mientras afuera se oía el ruido del camión de la basura. Qué aburrido eres, repitió. ¿Esos cuadros son tuyos?, preguntó. Son muy raros. Puse un disco de tangos que había comprado en el FNAC. ¿Cómo puede gustarte esa música tan triste? Pon algo más movido. No hice caso a sus sugerencias e insistí con una canción de Goyeneche, que sentí que se desgarraba un poco por nosotros, un poco por este frío, aunque estuviera tan lejos y sin nieve. De la nada, tuve un arrebato erótico concentrado en sus labios, los acaricié con la punta de mis dedos. Intenté besarla, pero se negó. Saca esa música y te beso, amenazó.

Me recosté en la alfombra, boca arriba, encendí otro cigarrillo y subí el volumen. Ella agarró el libro de Mía y me preguntó qué era eso. Sacó las hojas y vio mis dibujos. ¿Son tuyos? ¿Tú escribiste todo esto? Mejor deja eso, le dije. Vamos, chico, ¿no quieres bailar?, insistió y le respondí que no. Entonces, ¿qué quieres hacer? Le tomé su mano, la traje hasta la alfombra, la acosté a mi lado. La oscuridad hubiera sido total, de no ser por nuestros cigarrillos y el contador del equipo de música. Dos minutos treinta y ocho del tema siete, *Naranjo en flor*.

Se sacó los zapatos y se pegó a mí. Nuestras manos se entrelazaron con apego. Respiró hondo y cerró esos ojos que brillaban hace solo un segundo. Calló y todo esto parecía un escenario hermoso, cálido y cautivante. Vi el lunar que asomaba por un hombro. Como el de Mía. Busqué sus labios en la oscuridad, y excitado, los besé. Pero ella ya estaba dormida. Y roncaba. Qué despropósitos los ronquidos, de un cuerpo como este no podrían salir semejantes ruidos. Pensé en estas palabras como si fueran un cálculo, en su sonido que me lleva al desierto. Vi sus piernas suaves apoyadas sobre la alfombra, el ambiente estaba cálido. Empecé a acariciar sus pechos. Le desabotoné la blusa y notaba entre mis dedos cómo sus pezones se paraban con la fuerza de una cactácea. Los acaricié y los lamí con insistencia. Ella estremecía sus piernas y hundía la panza. Seguí besándola, conduciendo mis manos que se deslizaban bajo su ropa. Cuando llegué a la entrepierna, ya húmeda, metí mis dedos, que jugaron lentos hasta mojarse.

Luego fue mi lengua trémula la que al cabo de un rato le hizo gritar. Pero no se despertó. Yo me volteé a su lado y me masturbé. No quise despertarla. Le puse un almohadón bajo la cabeza y me dormí. Unas horas después, ella estaba desnuda a mi lado y nos había tapado con una frazada. El sol entraba fuerte por la ventana, pero todavía se veían las hojas de los árboles que el viento había pegado en el vidrio.

Se quedó esa noche y varias más. Nunca me comentó qué hacía esas veces que nos encontramos en la calle. No pregunté nada, y ella no comentó. Ella freía pollos en el Kentucky de la estación, rezaba cada día a una virgencita que colocó a su lado de la cama cuando vino a vivir conmigo. Tenía las piernas más preciosas de Colombia. Y un gato. Odio ese gato tanto como amo sus piernas.

¿Recuerdas que hoy tenemos la cena, no? Podemos llevar un par de botellas de vino, o ron, si prefieres. Lo que quieras, me da igual, por mí no iría. Si no quieres no vamos, no tienes que hacer nada por obligación. No es que me sienta obligado, solo que no conozco a esa gente, de hecho ni vos la conocés. Son gente amable, amigos de mi tía, mi tía trabajó con ellos cuando vivió aquí. Lo que no entiendo es por qué me tenés que llevar a mí, si a la que invitaron es a vos. Porque me da ganas de compartir estas cosas contigo. Yo solo quiero compartir la cama con vos. Y yo, pero de vez en cuando podríamos hacer algo, salir, conocer gente. Yo no necesito eso, me basta con vos y la tele. No puedes pasarte el día viendo la tele, o pintando esos mamarrachos. También te espero y cogemos toda la

134

noche, ¿ves?, no me la paso pintando. Pero no tienes amigos, no hablas con nadie, ni conmigo, esta conversación es una de las más largas e interesantes que hemos tenido, imagínate. Haz lo que quieras, bajo a comprar unas botellas y al volver me dices si sí o si no.

En la cena, los anfitriones se la pasaron hablando de los embutidos. Este chorizo es de mi pueblo, es el más largo del mundo, cada año se hace, está en el libro de los récords, el Guinness, el año pasado vino un comité y vieron que era el más largo del mundo, por eso tenemos el récord Guinness, el más largo, después de la fiesta se reparte a todo el que quiera, todos los años pillamos un buen cacho, va gente de todos lados a pedir un poco de chorizo, y este que es tan largo, además es muy rico, el chorizo de mi pueblo es el mejor, yo nunca probé otro, pero estoy seguro de que es el mejor, ¿verdad, cariño? Mi suegro siempre lo dice, y cuando estoy aquí también como chorizo del pueblo, me traigo tanto que me dura mucho, porque es tan largo el que hacen, si lo vieras, cruza toda la plaza, trabajan no sé cuántos hombres, y mujeres, claro, a lo mejor el año que viene rompen el récord otra vez, no compiten con nadie, eh, quién se va a poner a hacer un chorizo tan largo, nosotros nadie más, pero la cuestión no es el largo, sino la calidad, es tan rico, pruebe, pruebe, ¿le corto un poco de pan?, el pan es de mi pueblo, también.

—¿Es el más grande del mundo?

—Ay, ¡qué cosas dices!

La cena fue transcurriendo entre pocos temas de conversación: el pueblo, el chorizo más grande del mundo y las ventajas y desventajas de las pequeñas urbanizaciones respecto a la ciudad. Por suerte los anfitriones se emborracharon rápido y pudimos acelerar la partida. Daisy me pidió perdón entre risas, y yo también me reí y la abracé. Volvimos al hotel, cerca de la medianoche. Bajamos del taxi y nos quedamos fumando en la plaza. Subimos lentos, haciéndonos caricias, y ella me propuso chupármela allí mismo en la escalera, a la altura del último piso.

Luego, apenas abrimos la puerta, el gato se abalanzó sobre Daisy, saltándole desde una mesa. Gato hijo de puta. Lo vi volar. Voló con gesto asesino, con ojos traidores, gato de mierda. Vi cómo sus uñas se clavaban en la cara de Daisy. Vi cómo estalló la sangre. La preciosa cara de Daisy. Daisy, la única persona interesada en que ese animal viva en esta casa y en este mundo. La única capaz de darle comida, esperarlo, acariciarlo.

Daisy y ese gato eran uno. Vivieron en todas las casas de la ciudad. Caminan juntos las calles. Pagó miles de pesetas para poder llevar al animalejo a Colombia. En esa época no le era fácil ganarse la vida como para darse el gusto de enseñarle el Parque de la 93 a un bicho. Hoy tampoco es fácil, excepto si trabajas para Mont. Daisy gritaba despavorida, no tanto por el dolor sino porque sentía el mayor despecho de su vida. Chorreaba un hilo de sangre de su mejilla izquierda. El gato bajó las escaleras corriendo. Quise agarrarlo de la cola, pero se escabulló inmediatamente. Lo hubiera estampado contra la pared, o tirado por la ventana para reventarlo contra el asfalto. A ver si ponés las cuatro patas, gato de mierda. Tenía la oportunidad de deshacerme de él, con la excusa del daño a Daisy, pero no era venganza la mía, venganza por Daisy, no, era puro odio a ese animal desagradable.

Daisy lloraba, más por el susto que por la herida. ¿Dónde se fue? ¡Qué sé yo dónde se fue! Vení, limpiate, a ver qué tenés. No tengo nada, es solo un rasguño. Calmate, le insistía mientras llamaba al lobby para que me trajeran alcohol y algo para los primeros auxilios. El tipo subió de inmediato y preguntó si necesitábamos ayuda, que había visto al gato salir corriendo. Le dije que no se preocupara. Le pasaba algodón con alcohol a Daisy y ella sollozaba, le ardía, trataba de explicar la conducta de su animal. Le debo haber dado de más, pobrecito. ¿De más qué? Del spray. ¿Qué spray? Le compré un spray en la veterinaria, un spray para estimularlo un poco. Pero... ¡¿qué spray?! Feliway, se llama. Es el mismo que le controla la ansiedad y el estrés, y supuse que si le daba un poquito de más, le haría el efecto contrario. Claro que eso hizo, pero lo enloqueciste, ¿ansiedad, estrés, un puto gato? Pobre, pobrecito, el veterinario me lo recomendó, pero me dijo que tuviera cuidado, que no abuse. Este producto se hace con las feromonas de la cara. ¡Pero qué me importá, qué me estás contando! No podía creer lo que escuchaba. ¡Le compraba drogas al gato! Lo que es más increíble, fabrican drogas para gatos. Y para perros, seguro. Y para caballos, boas, peces, y para todas esas bestias que la gente insiste en domesticar... ¿Es que no tienen suficiente con sus ansiedades, sus drogas, su propio estrés?

El gato no volvió en días, lo que es bastante normal, aunque dicen que también es habitual que regresen. Pero a este le era imposible, hacía un buen rato que había pasado a mejor vida. Una madrugada vi su cadáver maloliente a cuatro cuadras del hotel, casi en el mismo lugar donde conocí a Daisy. No se lo comenté, ella aún estaba esperanzada y deseaba que rasguñara la puerta, pidiera entrar y que se subiera a su regazo para ver la tele. Daisy tenía la marca en la cara, pero su congoja era más honda. Casi no hablaba en estos días, solo fumaba y leía resitas de famosos. Cogía con desgano. Dejó de ir a trabajar, y a la semana la llamaron para decirle que otra ocupaba su puesto de friepollos. Un día compré dos botellas de vino y fui al veterinario para que me recomendara un gato y me vendió uno marrón, moño incluido. Cuando llegué, Daisy mal fingió alegría con una sonrisa de compromiso. Ese día lo alimentó y lo acarició, pero nunca más.

Desde entonces ignoró al animal, que de tan pequeño ni siquiera podía salir del cuarto. Maullaba en las madrugadas cuando yo regresaba, hambriento. Comíamos el gato y yo un poco de arroz, o un trozo de atún que compraba en el bar de abajo. Luego se me subía al pecho y escuchábamos tangos. Lo bauticé Polaco. Siempre que yo llegaba, Daisy dormía desnuda en la cama. Y roncaba. Al cabo de una semana, llegué y ya no había rastros de Daisy ni del gato. Me encontré el sobre de Mía fuera del cajón de la mesa. Daisy lo había leído de principio a fin, y había decidido irse.

En una nota sobre la cama me dejó escrito que me amaba y unos versos de Leonard Cohen, que sacó del libro de Mía. Son los versos esos que dicen *I forget to pray for the angels, And then the angels forget to pray for us.*

XV

En el avión iba leyendo una revista que hablaba del estudio que habían hecho unos científicos para determinar cuáles eran la canción más triste del mundo y la más feliz. La más triste era *Everybody hurts* de R.E.M., que nos gustaba cantar con Mía, y la más feliz, obviamente, *Don't stop me now*, de Queen, que también bailábamos de vez en cuando.

En eso, mientras cantaba en mi cabeza *Tonight I'm gonna have myself a real good time,* el avión dio un vuelco fuerte. La gente empezó a inquietarse, nerviosa. La sobrecargo dio la orden de cerrar las mesas de los asientos, ajustarnos el cinturón, quitarnos los auriculares y mantener la calma. Las luces se encendían y apagaban. Las pantallas dejaron de funcionar. Solo se oía, entre el fuerte respirar de los pasajeros, la música del comercial de la línea aérea, esa música horrible de antesala, de espera, de tensión, la peor del mundo. Por cada sacudida de la nave estallaban los gritos de un grupo de jóvenes que estaban unos asientos más atrás. Giré la cabeza para verlos, no sé si para solidarizarme o condenarlos, pero una azafata vino rápido a cerrar la cortina que nos separaba. Del fondo se oían gritos, llantos.

En primera clase nadie gritaba. Nos agarrábamos fuerte de nuestros sillones.

La misma azafata que caminaba tambaleante cerrando cortinas o recogiendo las últimas copas de champán que tenía una pareja de recién casados en la fila de atrás se cayó en un moviendo brusco que hizo el avión. El giro nos hizo a todos inclinarnos de manera extrema. En ese momento me sentí un poco mareado, y noté algo de saliva en mi boca.

Una copa rota cortó la rodilla de la azafata. La señora que estaba junto a mí quiso levantarse para ayudarla, pero la joven en el suelo le dijo que no lo hiciera. Se puso de pie con un rastro de sangre en la pierna y lágrimas en los ojos. Rápidamente vino una de sus compañeras, tambaleando al ritmo asustadizo del avión, y la ayudó a recoger los restos de vidrio de la alfombra.

Todos nos quedamos en silencio. El piloto pidió nuevamente que nadie se levantara, que se quedaran en sus asientos, que todos tuviéramos el cinturón puesto. Que era una orden. En clase turista gritaban. Se oía un revuelo que no podíamos ver. Alguien vomitó. Yo solo veía la pequeña mancha de sangre en la alfombra azul. Un azul suave, tejido en varios tonos, con la salpicadura roja de la sangre, una sangre oscura que se iba diluyendo como se pierden nuestras cosas en el mar, como se diluye nuestra memoria en un electroencefalograma. Dentro de mí, sentí el ardor de la boca, el rojo sangre de mi propio mar en la garganta seca. Mientras, la música se elevaba en su nube cursi de sintetizadores a ritmo zángano, impidiéndonos oír hasta nuestros propios miedos.

El avión dio otro bandazo, esta vez hacia la izquierda. Ahí se me fue el miedo, porque entendí que estábamos en manos de un sicópata. El piloto disfrutaba de asustar a la tropa y estaba sometiendo a la tripulación, acaso a alguien en especial, a su jueguito perverso. ¿El piloto también se llama Mike? *Everybody hurts.* Lo envidié. Cuando entendí que estábamos en manos de la locura de un solo hombre, respiré tranquilo. No hay dios ni fuerza alguna de la naturaleza que pueda someternos a un momento como este sin protegernos y arroparnos. Pero la maldad del hombre es otra cosa, es la pureza misma de la locura y por lo tanto no hay nada que podamos hacer. Pienso en que si estamos a merced de este hombre, un hombre irracional y decidido a cualquier cosa por venganza, ni Dios ni la nada pueden redimirnos. Pienso, no para hablar como dice la filosofía que pensamos, sino simplemente para tragar saliva.

Para un acto tan mecánico y simple como salivar, necesito tiempo y reflexión. Necesito concientizar la intemperancia de mis músculos. Pienso en la costosa humedad de mi boca, la disfruto y me relajo. Será lo que este hombre loco quiere que seamos, finalmente esa locura arbitraria es lo que nos hace a la imagen y semejanza de Dios. Así de insignificantes podemos ser todos en este momento. Así de mierda, pienso. Cierro los ojos e intento dormir.

Llegué a Buenos Aires a las cuatro de la mañana. Tomé un taxi y fui hasta el hotel que estaba en el parque al frente de la casa de mis padres. Pedí una habitación que diera a la calle y en el piso diez, para estar a la misma altura. No traía nada más que el sobre con el libro de Mía, que ya era mi libro de dibujos, y un abrigo en el que guardaba mis medicinas y el bermellón de siempre, un abrigo que no alcanzó a cubrirme del frío que todavía hacía insólitamente en septiembre. En el hotel de Barcelona había dejado la maleta con la poca ropa que tenía, los pinceles, los óleos y tres cuadros que aún no habían venido a buscar los de Mont. Pagué una semana extra, a la espera de que los fueran a buscar, y si no, le dije al dueño del hotel, podían tirar todo a la basura, o mejor prenderles fuego. O véndalos, le dije, pero con mucho cuidado.

En cuanto aterrizó el avión, lo primero que hice en Buenos Aires fue tomarme las medicinas. Nada mejor que dejarle a los químicos las emociones de regresar a tu país, sobre todo después de tantos meses de silencio, de no tener una excusa ni para hablar con alguien ni para callar con nadie. Simplemente ver los días pasar entre algunos trazos verdaderos en unos cuadros de mentira, de ser un delincuente profano que solo pretende salvarse en el olvido y en el suplicio de un fuego en la garganta.

Llegar a Buenos Aires después de sobrevivir a todo eso, incluso a la memoria.

Bajar de un avión y seguir vivo, después de algo tan humano y tan concreto como la maldad y la locura de un piloto. Estas medicinas me dormían. Tenían el efecto de dejarme como un oso somnoliento, así que cuando esquivé a los vendedores que ofrecían servicios de taxis y remises, me subí al primero que vi, y adentro sentí un fuerte olor a mandarinas y a humedad. Pronto se apoderó de mí un terrible dolor de cabeza y se me nubló la vista. Me toqué la cicatriz, como un acto reflejo para saber si algo me dolía en la garganta, pero no. La toqué también para saber si seguía ahí, si persistía o se había borrado. Como Rodrigo, como Mía, como lo que yo mismo era, o ya no era. Me preguntaba si todo estaba en su lugar.

El taxista iba recorriendo la ciudad pero me costaba reconocer el paisaje que pensé que sabía de memoria. Ahora nada me era familiar. ¿Tanto pudimos haber cambiado, Buenos Aires y yo, en dos años que estuve fuera? Ya no estaban mis padres, Rodrigo estaba preso y Mía… de Mía no sabía absolutamente nada.

No podía entender qué eran las sombras que se iban configurando alrededor de la autopista. Mi cicatriz de la garganta sí seguía ahí. Abrí la ventanilla para sentir el viento, pero igual acabé dormido. El chofer me despertó al llegar al hotel y me cobró muchísimo más de lo que correspondía. Me instalé en una habitación desde donde podía ver la casa familiar, y me metí, vestido, bajo el edredón para dormir varias horas. Aún llevaba el aroma de los cítricos.

Cuando desperté, ya casi de noche, llamé a Mía al teléfono de su casa pero no atendió. También llamé a la que hasta hace un tiempo había sido mi casa, pero tampoco atendió nadie. Me di cuenta de que yo no sabía dónde vivía Mía, y por primera vez era consciente de que no sabía nada de ella, lo que me produjo un estremecimiento en todo el pecho y un profundo ardor en la garganta. Me quedé un buen rato sentado en la cama, tapado, viendo el cartel de salida de emergencia pegado en la puerta de la habitación. Pedí que me trajeran algo de comer, pero cuando llegó la pasta y la coca cola era la hora de volver a tomar las pastillas, que también me dejaban con el estómago revuelto, por lo que dejé el plato intacto.

Miraba el parque, las estatuas a lo lejos, el laguito, los leones de la entrada, el edificio del oncólogo, la calle por la que se podía ir a la casa de Eugenio, pero también el departamento de mis padres, la noche en Buenos Aires, que no se parece a la noche en ningún lado, porque es una noche densa como una madre desesperada cuando abraza al hijo sin contarle sus secretos. Quise recuperar el cariño de esta ciudad desconocida, le pedía que me mirara y volviera a reconocerme, que era yo, Mike, el de siempre, que me abrazara como nunca más lo haría mi madre, que me abrazara como por fin supe cómo abrazaba Rodrigo, es decir, con amor del bueno, el amor transparente.

Pero Buenos Aires nunca está para esas cursilerías.

Pensé en Rodrigo, en qué estará haciendo. Cómo será su celda, sus días, sus ropas. A qué olerá. ¿Habrá hecho amigos? ¿Se habrá dejado la barba? Siempre pienso en Rodrigo. En todo este tiempo no hubo día que no pensara en Rodrigo. Desde que nos abrazamos, pienso en él todo el tiempo con deseo, con añoranza. En él y en Mía. Ambos me soltaron la mano para que saliera de esta vida, para que pudiera reinventarme otra, pero no, no pude. Por eso acá estoy de vuelta. Salí solo para tomar fuerzas, ganar un poco de plata y poder regresar para ahora salvarlos yo. Pero ¿de qué iba yo a salvarlos? ¿Qué necesitaban de mí? No soy imprescindible. Nunca lo fui.

Hay un momento de la vida en el que sabes que eres poca cosa para los demás, y los demás son aún menos para ti. Hay un día, o una noche como esta, en la que sabes, por fin lo sabes, que ellos son prescindibles para vos y vos para ellos. Rodrigo ni siquiera necesita que pague las cuentas del abogado, ni que lo llame por teléfono. Ni siquiera necesita que le diga gracias por salvarme la vida. No sabía nada de él porque yo había cortado con todo y con todos. Mi única manera de estar en contacto con él era a través del dinero que mandaba regularmente al abogado. A esta altura ni siquiera sabía si lo había recibido. Mañana llamaré para ver cómo va todo. ¿Rodrigo pensará en mí? ¿Mía? ¿Alguien pensará en mí?

Recordé aquello de la soledad que había escrito Mía en la primera página del libro. ¿Nunca voy a leer su libro? Daisy me acusaba de eso. De ser tan egoísta que ni siquiera había leído el libro que Mía me había dado. Acaso sea hora de hacerlo. De una vez. Por qué no. No sé qué hay allí, y la verdad es que no sé si necesito leerlo.

Dejé pasar unos minutos, tomé el sobre y lo puse sobre mi regazo. Quedé un rato en silencio. No porque yo no hablara, sino porque dejé de oír todo el ruido blanco que podría haber a mi alrededor, el ruido de los coches en la calle, el lejano sonido de un televisor en una habitación contigua. Volví al plato de pasta, y aunque ya estaba frío, comí un poco. Prendí la tele, busqué algo que ver con la intención de perderme, pero no encontré nada. En el país todo seguía igual. Por qué iba a cambiar. ¿Por qué va a cambiar un país? Ahora discutían si el 1 de enero del 2000 las computadoras se borrarían o no. Era yo el que estaba borrado. La ciudad se me fragmentaba como aquel mismo cuadro de Picasso, pero esta vez los pedazos rotos no sanaban ni devolvían una imagen, sino que sentí que con ese filo abrían aún más las heridas.

De repente vi que se encendían las luces en casa de mis padres. Alguien había entrado y ahora estaba corriendo las cortinas, abriendo la ventana que daba al balcón y acomodando unas bolsas sobre la mesa. Llamé y cuando me atendieron reconocí la voz de Pablo. No dije nada y colgué. Supuse que Pablo había alquilado el departamento, o que había regresado con Mía y se habían ido a vivir a la casa de mis padres. Me quedé observando cómo iba y venía de la cocina y preparaba la mesa. De pronto llegó Mía. Se saludaron con un beso que me sorprendió que fuera en las mejillas y no en la boca, lo que confirmaba en bajo porcentaje mi suposición de que hayan vuelto. Ella traía unas carpetas que dejó por ahí. Cenaron algo que él sirvió, y al rato levantó, y luego ella se quedó leyendo y escribiendo sobre esas carpetas. Antes de irse a dormir, salió al balcón a fumar un cigarrillo, con una copa en la mano. Volvió a desaparecer y volvió a aparecer, pero esta vez con un suéter gordo, el azul de cuello alto que habíamos comprado en Córdoba. La noche estaba fría.

Se sentó en el sillón donde le gustaba sentarse a mi madre, y bebió tranquila observando las estrellas y el parque. Por un momento me pareció que me veía, que su mirada me alcanzaba, que estaba al frente suyo, sentado en el balcón de esta habitación, mirándola, queriendo que me viera, tomándome la coca cola que me habían traído para la cena. Mía se paró de pronto, recogió las cosas que tenía en la mesa del balcón y apagó las luces; todo quedó a oscuras en la casa donde antes habían vivido mis padres y Rodrigo, hasta aquel día en el que Rodrigo se hartó de todo lo nuestro y reinventó la familia. La familia suya y la mía. La de nosotros dos y de nadie más. De pronto aquel departamento del piso diez quedó en silencio y negro. Y adentro estaba Mía, y un hombre que no era yo.

Agarré otra vez el sobre con el libro. Cuántas veces lo he tenido en todo este tiempo. Recuerdo el taxi en el que me lo dio, el avión de ida y el de regreso, las noches en Barcelona, las lluvias, los dibujos en el museo, Daisy, el sobre arrugado, las manchas de sangre. Ajado de tanto traqueteo pero sobre todo lastimoso de tanto ignorarlo. ¿Qué había ahí? ¿Qué quiere Mía? Saqué las hojas, y las acomodé ordenadamente sobre la cama. Tomé una soda de la heladera y me dispuse, por fin, a leer el libro.

Leí eso de *La muerte no existe. Yo no creo en la muerte. Lo que existe es la soledad. Eso sí es otra cosa.* Y di un trago al agua, que estaba helada. La garganta se me hizo añicos y sentí un profundo dolor. Quise hablar y no pude. Quedé mudo, pero seguí leyendo, hoja tras hoja, la letra hermosa de Mía, las palabras justas, el tono sosegado, la claridad de todo lo que pensaba. Parecía que allí estaba todo lo que yo necesitaba entender. Leí toda la noche y llegué al final con la madrugada.

Amanecía en Buenos Aires, Mía y yo habíamos pasado la noche a ciento cincuenta metros de distancia, a la altura de dos ventanas en dos décimos pisos que se veían y no, pero que necesitaban reconocerse.

Mía había escrito *El libro de las mentiras* para mí. Yo, que demoré tanto tiempo en leerlo, supe que era la ofrenda que una persona podría hacerle a otra, entregarle así, en trescientas páginas, página tras página, la llave de su historia, el acceso a su vida para la vida de los otros, y por supuesto, al amor profundo que nos teníamos.

Mía contaba en detalle la vida de Eugenio. Su niñez, su vida en Francia, Vera y su madre. La madre de Mía, los detalles de la vida de su madre, y la suya. Su padre, todo el tiempo vivido en estos veinte años, y yo. El amor nuestro, la manera de encontrarnos porque todo parecía predestinado. Como las mentiras.

Como el silencio al que sus padres le habían obligado a callar. Por eso escribía. Por eso disfrazaba las verdades de mentira, porque es la única manera de preservarlas. El tiempo no es garantía de nada, por eso me daba esas historias a mí. Para que supiera vengarlas.

Mía, y su libro de las mentiras que eran verdades, y la historia de Eugenio, y nosotros, había convertido este amor en otro amor transparente. Pero recién ahora yo le estaba quitando ese velo. Abrí las ventanas para tomar aire. Vi que las de la casa de mis padres, que ahora ella ocupaba con Pablo, seguían cerradas. Eran las seis de la mañana. Buenos Aires siempre amanece lento, pero luego explota. Es como una leche hirviendo, que estalla de pronto en la jarra sobre el fuego. En esa histeria podíamos reconocernos. Respiré un aire nuevo. Todo volvía, una vez más, a empezar. Recordé el fugaz encuentro con Amelia en Barcelona, cuando me dijo: aprovecha y vuelve a empezar. Esas son cosas, mentiras de las buenas, que a nadie le importan.

Volveré a empezar, con Rodrigo, con Mía no lo sé, pero voy a sacar a Rodrigo de la cárcel y vamos a volver a empezar. Esas cosas a nadie le importan, también podría decir Rodrigo. A pesar de todo, a pesar de Eugenio, de todo lo que me contó Mía en un libro que demoré tanto tiempo en leer. La historia de Mía, la de Eugenio, la mía también, en cientos de hojas llenas de dibujos de Las Meninas de Picasso, como las caras de una moneda, como historias indivisibles, donde una no puede vivir sin la otra.

XVI

Nadie sabe exactamente qué es el miedo. Parece que son unas chispas que se encienden en algún lugar del estómago y van subiendo por el cuerpo. Una especie de lava en dirección contraria que bulle y acaba de estallar en el cerebro. Eso es lo primero que se siente. Eso es lo que uno cree, que en el estómago algo se prende y manda al cerebro la alerta de una llama. Yo sé qué es tener fuego en la garganta. Pero esto es otra cosa.

Cuando uno tiene miedo, es el cerebro, en eso que llaman el centro del control emocional, el que lo activa. Así empieza. En la amígdala, precisamente, desde donde se erigen un tipo de ondas, las theta, que se mueven al centro de memoria del cerebro, el hipocampo. De esta manera lo ponen en alerta para que aumente la acción hacia el lóbulo frontal, donde se procesan los pensamientos y se toman las decisiones. A la vez, al mismo tiempo, al tan mínimo tiempo, detona las otras ondas, las beta, que son las que deciden el comportamiento motor, ponen en guardia las piernas por si hay que salir corriendo, mandan el ardor en la panza, cierran fuerte los ojos o te dejan mudo. Esa lava que nosotros creíamos, equivocadamente, que era causa y no consecuencia, acelera la respiración, agiliza el pulso y hace sudar las palmas de las manos.

Para mí el miedo es todo eso, sí, pero sobre todo estar sentado aquí en la mesa de un café, golpeando con la cucharita el plato del pocillo, nervioso, moviendo las piernas, pensando en lo que es el miedo, en lo que será, que para mí es en realidad volver a ver a Mía. Volverla a ver y que no nos reconozcamos, que seamos dos desconocidos más, dos más, otra vez. Que llegue Mía, me mire sin mirarme y ya no me ame. Eso es el miedo.

Como me había dicho Amelia, alguna vez tuve en Barcelona la necesidad de ir a comprar un disco de tangos. Fui al FNAC y pedí escuchar un disco del Polaco Goyeneche porque quería escuchar una sola canción. Y me recuerdo, viéndome reflejado en los cristales de la cabinita de la zona de world music entre posters de música india, italiana, country, escuchando ese tango que dice *Qué grande ha sido nuestro amor, y sin embargo, ay, mirá lo que quedó*, o lo que es lo mismo la definición del miedo, del miedo que siento ahora mismo, mientras espero a Mía, que quedó en llegar hace media hora, y ella que siempre fue tan puntual, tan puntual en sus citas, tan puntual en mi vida, lleva un retraso porque a lo mejor ella ahora es así, porque ha cambiado y no le importan los tiempos de los demás, porque aunque parezca increíble se ha vuelto una desconsiderada. El miedo es, también, pensar cualquier estupidez.

No hay miedo mayor que volver a ver a la persona que hemos amado. Después de un tiempo no sabemos nada de ella, porque también nos desconocemos a nosotros mismos. Solo la muerte podría evitarnos eso. O la mentira, que es lo mismo. No sabemos, y allí radica el profundo miedo, qué ha pasado con ese amor que era la perspectiva con la que nos habíamos dado forma, la perspectiva con la que medíamos y conocíamos el mundo tomados de la mano. Ahora, mientras espero con este café que ya está frío, sentado en una mesa frente al parque, no sabemos si el tiempo lo ha incinerado todo, o lo ha vuelto puro deseo. Nadie espera por nadie. ¿Por qué Mía iba a esperar por mí?

También pienso que es hora de comenzar de nuevo, a partir del resto de todo esto. Todos sabemos, yo lo sé, ella lo sabrá, que eso de empezar de nuevo es una pura mentira, que es algo totalmente imposible. Sin embargo aquí estoy, porque estuve al lado de la muerte, porque un día quise hablar, decir su nombre, y me fue imposible, porque estuve perdido en un hospital lejano mientras me sacaban un tumor de la garganta, porque estuve siempre lejos de esas manos suyas, de su cuello, también lejos del abrazo de Rodrigo, porque pensé que la muerte tendría solo la forma del olvido de Mía. O de la mentira. Eso es el miedo. Esa es la mentira de la vida. Lo demás no importa. Todo lo demás tiene una salida.

Soy, otra vez, como el niño que espera a su madre que regrese de un viaje. Cuando dejaba de ver unos días a mi madre, ya sea porque se iba de vacaciones con mi padre, o se escapaba de él, me sentía culpable de esa soledad. Sabía, y podía comprobarlo muchas de las veces, que al regresar me querría un poco menos, mucho menos, sabiendo que éra-

153

mos nosotros, culpándonos a nosotros los hijos, los que la atábamos a nuestro padre. Un día lo dijo, así de claro, dijo que la atábamos, yo me acuerdo muy bien, Rodrigo era muy chico. Usó esas palabras. Ustedes me atan. Pero eso era mentira. El que de verdad la ataba era mi padre, una vez dentro del baño, la encontró mi hermana Isabel y fue ella la que la desató, con un cuchillo cortó la soga y a partir de allí nuestra madre nos reprochaba que nosotros la atábamos. Yo de chico no entendía, lo entendí de grande, un día que estaba pintando, ido en mis pensamientos y del mundo, y de pronto entendí todo eso. Yo ya me había ido de la casa, y mis hermanas también.

Pero uno siempre está atado por ese sentimiento tan torturante de esperar que alguien regrese, que volvamos a vernos, atados por la hilacha que nos mantiene cerca. Ahora que iba a ver a Mía, si es que llega, si es que no se arrepintió y pegó la vuelta, o por qué no, si es que no se olvidó de nuestro encuentro, ahora volvía a morderme las uñas como lo hacía cuando mamá abría la puerta de la casa y regresaba después de unos días o semanas. ¿Y si ya no me quiere? ¿Y si Mía ya no me quiere? El miedo es eso de las ondas theta y ondas beta, pero también es algo tan simple como una pregunta sin respuesta, una pregunta pequeña y filosa como esta. *Qué grande ha sido nuestro amor.* Del abandono, como dicen, no se vuelve.

Hoy volveremos a vernos. ¿Qué reclamos tendremos en este bar, en este café? ¿Qué será ahora de su caricia, cómo podré besarla? ¿Qué parte del cuerpo buscará la manera de hacernos uno otra vez?

Mía, mirame, mirame. Soy yo.

Esta mañana, cuando por fin vi que se encendieron las luces de la que había sido la casa de mis padres, me asomé para verlos desayunando y también parecía que discutían o hablaban apasionados. Llamé por teléfono. Me atendió Pablo.

—Mike, ¿qué hacés?, ¿dónde estás? —preguntó a las apuradas.

—Pasame a Mía.

—¿Estás bien, estás acá?

—Todo bien, Pablo. Pasame a Mía —le dije mientras desde el otro lado la vi pararse asustada cuando Pablo dijo mi nombre.

—¿Ya volviste, Mike? —preguntó Mía.

—Ya volví. Quiero verte —le respondí.

Primero se mostró preocupada pero inmediatamente después, enojada. Me dijo que nadie podría entender mi egoísmo. Que estaba segura de que yo estaba bien. Rodrigo también está bien, me dijo, que cada mes iba a visitarlo. Que estaba grande, que parecía un hombre y que estaba estudiando enfermería. Que se había muerto Bioy Casares, ¿supiste?

Quedamos en vernos en el café de abajo del hotel, a las diez. Colgué y los seguí observando por la ventana.

Quedamos en vernos en el café de abajo del hotel, a las diez. Colgué y los seguí observando por la ventana. Mía agarró su taza y apuró lo que estaba bebiendo, seguramente té. Noté que Pablo llevaba corbata, traje. Qué diferente estaba. Salió de la casa después de darle un abrazo a Mía, y ella se perdió en las habitaciones o en el baño.

La vi acercarse, caminando y hablando por teléfono sin mirarme. Mía llevaba un celular, como Mont o los altos ejecutivos. Noté que se había cortado el pelo y que se parecía más que nunca a Anna Karina sobre todo por la manera en la que llevaba el teléfono como la otra llevaba un cigarrillo. Me paré y nos dimos un abrazo. Ni apretado ni sentimental. Tampoco frío. Un abrazo demasiado normal para quienes éramos y demasiado lejano al que le había dado a Pablo esta mañana para despedirse. Rodrigo está bien, me dijo, para empezar la conversación por algún lado. Me contó que lo había visto el lunes, que siempre le preguntaba si sabía algo de mí. Y sí, sabía todo de mí, porque con Daisy se llamaban de vez en cuando, le contaba lo que sabía de mi vida, y sobre todo la había puesto al corriente sobre el cáncer, la operación y todas esas cosas.

—No se te ocurra perdonarlo —le dijo Daisy en unas de esas llamadas.

En la vereda, un tipo cantaba para los turistas. Tenía el pelo enrulado y rojo, y un sombrero negro. Rasgaba la guitarra con cierta histeria, una Avalón que sonaba a folk y colgaba de un cinturón rojo, que le permitía mover su cuerpo con histrionismo, al ritmo de la música y como si tuviera los pies clavados en el piso. Cantó un par de canciones en inglés que no supe cuáles eran. Mía hablaba poco, y yo estaba en silencio. Dijo algo de lo mucho que había hecho en este tiempo: que ya se había recibido, que con Pablo habían montado una consultora política, pero yo no podía dejar de ver detrás de ella a ese arlequín que parecía que había venido a ponerle música a esta charla de café, a este reencuentro de dos amantes, como pasa en las películas o como pasan las cosas cada vez que Mía se sienta a mi lado, me toma la mano, como se toma la mano de un niño. Aunque ahora no lo hace. El tipo canta otras canciones, un par que sí reconozco, porque una es aquella que le gustaba a Daisy, la que me dejó en una nota sobre la cama, y la otra, la que canta ahora cuando Mía me mira y se queda callada.

Acaso me odia, acaso no le importo. Sabrá vengarse si es necesario.

Quise pedirle disculpas por el silencio, pero me dijo que nunca le pidiera eso, porque esas cosas nunca se perdonan.

Me preguntó si quería ir a la casa. Pagué el café y cuando le quise dar la mano me la retiró de inmediato. Encendió un cigarrillo y caminamos mientras el músico cantaba eso de Sé de tus ojos, sé de tu sonrisa, sé que todo va a estar bien. *That tonight will be fine, will be fine, will be fine, will be fine*, y parecía que los tres cantábamos esa canción, aunque Mía no perdonara y no me diera la mano, yo murmuraba a Leonard Cohen en silencio, como quien reza por la paz o por algún milagro.

Subimos al departamento que era de mis padres, y al entrar vi que ya no era una casa, con mesas, sillas y muebles normales. Mía lo había transformado en una oficina, llena de papeles y escritorios que yo ni siquiera había percibido desde la ventana del hotel. Las paredes estaban cubiertas con cuadros míos, todos falsificaciones. En esta oficina, Pablo y Mía trabajaban para el profesor, el

Profe, que ahora era candidato a gobernador. Mía dirigía este despacho de asesoría legal y política. Su único cliente era este tipo y todo estaba bajo estricto secreto. Nadie lo sabía y nadie lo podía saber. Me contó algunas cosas, y entendía que esta era su manera de cumplir con los dos únicos objetivos que tenía en estos momentos: sacar a Rodrigo de la cárcel y acabar con Eugenio. Entendí que solo me perdonaba para poder usarme de carnada. Y acaso yo con eso podría conformarme.

Dormimos juntos esa noche y las siguientes. Pasó el tiempo. Esa fue nuestra casa y también el despacho de Mía. La luz azul de la mañana dura un segundo, dura tan poco en esta época del año que ni sé si es de verdad. Por la mañana se oyen los pasos en la escalera, Pablo que entra y se pone a trabajar. Llega más gente. Mía también trabajaba duro, y en esta casa oficina reunían a diputados, profesores, a los estudiantes con los que seguían organizando los escraches, o la campaña del tipo que quería ser gobernador, el Profe que había matado a su amante, el novio de nuestra amiga Natalia. Yo los miraba casi siempre en silencio, me ocupaba de otras cosas, les servía café. No tenía nada con qué pintar, ni nada que pintar. Me gustaba hacer las compras, cocinar y pasar una tarde por semana con Rodrigo y jugar al dominó.

Mía y yo nos queríamos a nuestra manera, y no nos prometíamos nada. Ella no perdonaba mi silencio, yo seguía callado, sin nada que decir.

Hacíamos poco el amor. Una vez, al acabar uno de esos coitos casi mecánicos, acaso obligados, pero que sin embargo mantienen encapsulado algo de cariño, supe que ya no sería un muerto a la distancia, asediado por el miedo y que los abrazos nunca vuelven a ser los mismos, y que eso está bien. No somos aquellos, pero tampoco seremos nada nuevo, somos dos viejos conocidos, dos viejos de veintipico de años que simplemente se aman, con un amor que no sabemos si es de verdad o es de mentira, porque no sabrán nunca qué es el amor. Y eso también está bien.

Miré a Mía a los ojos y noté algo del olvido. Nos miramos como mira un recién nacido, asombrado pero también enceguecido por tanta luz. Salir de la cueva, ver esa luz, aturdirse con los ruidos de los recuerdos. Nos abrazamos y nos dormimos. Ni siquiera buscamos una película en la televisión. Tampoco nos hacemos promesas, mucho menos promesas de amor. Sé que nos mentimos para sobrevivir, porque no sabemos hacer otra cosa. Al menos vuelvo a verla desnudándose para mí. Y eso me basta. Me sigue gustando. Lo demás es demasiado y no me importa. Será mejor así. *Will be fine, will be fine.*

Nos mentimos, porque es lo mejor que sabemos hacer:

—Te amo, Mía

—Yo también, Mike. Buenas noches.

XVII

Empecé a ir a ver a Rodrigo cada semana, aunque no siempre podía verlo porque a veces le tocaba operaciones. Hacía tiempo que se había recibido de enfermero y trabajaba en el hospital de la cárcel.

Un jueves cuando llegué a la casilla de seguridad donde nos registrábamos los familiares, no había nadie. Al fondo se oían dos presos que charlaban y jugaban a las cartas. El teléfono sonaba pero nadie atendía. Al cabo de unos minutos llegó un policía con unas cuantas hojas en la mano, ignoró mi presencia a pesar de que me adelanté para hablarle. Ordenó las hojas con un golpe seco contra el mostrador. Eran escritos de puño y letra, y alcancé a leer la primera frase y unos dibujos de corazones y ositos. Los dobló con parsimonia y los metió en un sobre. El hombre no sonreía y lo cerró como si cerrara un expediente o una citación. Como si esas hojas contuvieran el dictamen de un condenado y no la frase con la que empezaban: *Tú eres la princesa de mis cuentos de hadas…*

El policía vio que vi su carta. Me miró fijo y amenazante. En silencio. Miré a otro lado, a la bandera que tenían en la esquina de la sala, pensé

160

en lo sucia que estaba, cuánto tiempo llevaba sin lavar, en el desgajo de la tela. Pensé en su princesa de sus cuentos de hadas. Pensé en el amor del comisario. Él salió en busca de cinta adhesiva y regresó con uno de esos aparatos de escritorio en los que se enrolla la cinta y se corta. Arrancó un largo trozo y con la punta filosa se lastimó el dedo, del que salieron unas gotas de sangre. Se lo chupó sin dejar de fruncir el ceño y pegó el sobre. Llamó a otro policía, un subordinado suyo al que le dio la orden de llevarlo. Donde ya sabés, le dijo. Y el otro salió de la casilla y ahí recién este me atendió.

Ah, el hermano de Rodrigo. ¿Cómo estás, Mike? Perdón la demora, pero tenía una emergencia. ¿Vas a ver al Rodri? Creo que hoy anda de matasano. A ver, esperá. Tomó el teléfono y preguntó si Rodrigo andaba en Curaciones y le dijeron que sí y me confirmó que hoy no iba a poder verlo, que le dejara lo que traía, unos alfajores, que él se los daba.

Yo solo podía verlo los días jueves, de tres a cinco de la tarde, y por su buena conducta podíamos hacer cosas en el patio, como jugar al básquet o al dominó, o simplemente charlar de cualquier cosa. Me pedía que le contara de Barcelona, pero se desilusionaba pronto cuando notaba que no tenía nada divertido que decirle. Nunca hablamos de nuestra familia, de los padres, de lo que había sido el pasado antes de todo esto. Una vez me mostró una postal que le había mandado Julia desde México. Pero esa fue la única vez que nombró a una de nuestras hermanas. Tampoco me había contado que había echado al abogado, aunque me dijo que confiaba más en Mía que en nadie para salir de allí, que ella le había prometido que un tipo que quería ser gobernador lo iba a sacar y que lo iba a cumplir.

Pero que si no salía de ahí no pasaba nada. No estaba nada mal y afuera no sabría qué hacer. No le quedaban tantos años. ¿Cinco? Me preguntó, y ninguno de los dos sabíamos bien cuántos faltaban. Todo lo que decía Rodrigo lo decía con cierta alegría, era un tipo animoso, que estaba ahí para hacer cosas; tenía una novia, la médica con la que se acostaba a diario y con la que curaban a los enfermos. Ayudaba en el hospital con la misma generosidad con la que alguien es capaz de matar a su padre para salvar a una familia. Eso era Rodrigo y verlo casi me contagiaba de cierto gozo. Los jueves a la tarde era el mejor momento de mi vida.

Cuando llegué a la casa, Pablo y el Profe, que había engordado más de veinte kilos y que iba vestido de candidato, me contaron que tenían información de que Eugenio había comprado boletos para irse a Francia, que sabían que estaba muy enfermo y que tal vez este sería su último viaje. Así que había que hacer el escrache de una buena vez. Todos los demás escraches se habían hecho, y después de tantos años solo faltaba el de Eugenio.

Los escraches habían logrado que se reabrieran algunos juicios y que varios volvieran a la cárcel o al menos a arresto domiciliario. El Profe ya era tan famoso por su asesinato como por los escraches y su candidatura. La mayoría de los escrachados se habían escapado del país.

—Sólo nos falta Eugenio, y por tu culpa aún no lo hacemos —dijo Pablo.

—Este escrache será para la campaña, Mike, así que tenemos que hacerlo ya mismo —dijo el Profe.

—¿Mía qué dice? —pregunté.

—Ella te estaba esperando a vos.

—Entonces hagámoslo —volvió a hablar el gordo—. Unos días antes del aniversario del golpe, así instalamos el tema en los medios.

—El primer gran escrache del 2000 —agregó Pablo.

Yo estuve un mes fuera de la casa mientras ellos organizaban todo esto y porque además había vuelto a discutir con Mía. Me regresé al hotel en el que había estado cuando volví de Barcelona. Pero la habitación del décimo piso no estaba disponible, por lo que me puse en una que daba para el otro lado, mirando al río. También quería alejarme un poco de todo eso. Quise volver a pintar, así que también dejé el hotel y me fui al que había sido mi departamento, el que le había dejado a Mía, pero que ella nunca usó. Estaba intacto a pesar de los dos años cerrado, y arriba de la mesa solo estaba el diccionario de francés de Mía, que nunca se había llevado. Remojé los pinceles en un disolvente, y me costó limpiarlos, pero en cuanto pude me puse a pintar con mi bermellón y con los demás pomos, y vi que estaba haciendo algo que no era de nadie, que por primera vez esos rayones eran míos, no estaba copiando nada a nadie. Me sentí extraño, vi que era verdad y me dio pavor.

Mía y yo hablábamos a diario, seguía visitando a Rodrigo y salía a correr cada tarde. Mía me dijo que los chicos, Pablo y los demás estaban preguntándose si no me había arrepentido de lo de Eugenio, y si ya podíamos empezar a trabajar en eso. Que el gordo preguntaba si no me había cooptado de nuevo, si me había vuelto a cagar.

Le dije que no se preocupara. Que empezáramos cuando dijeran. Mía dijo que mañana mismo. Que tenía que ir al oncólogo a las once, que ya me había sacado el turno, y que iba a coincidir con Eugenio. Y que ya sabía todo lo que tenía que hacer.

Salí a correr y se hizo de noche, seguí caminando un buen rato. Quería ir a buscar a Mía y la llamé desde un teléfono público en la esquina de la casa. No me atendió, pero vi luz en el departamento. No sabía su número de celular, ni cómo se marcaba a esos teléfonos. La ciudad estaba en silencio. Solo se oían unos perros. Un par de perros que ladran. O son varios. No sé si son tres o más. Reconozco a los dos primeros, luego empieza a confundirse el aturdimiento de la jauría. Tienen hambre, sed, calor. Se van a morir, pienso bajo el techo del teléfono público mientras insisto en marcar a Mía, bajo el primer repiqueteo de las gotas de lluvia. Mía no atiende y solo veo y oigo a los perros. Estamos solos ellos y yo en este barrio. Este es el momento en el que confirmas que no hay nada. Nada más.

Días de ruido y deseo, pero sin Mía, que podría estar escapando ahora mismo por un camino, ese que siempre está lleno de la gente que te va abandonando, que de tantas que son pueden provocar un enorme atasco en la carretera.

Fui a la casa y toqué el timbre, pero Mía tampoco atendió. Subí y entré con mis llaves y la vi dormida con la tele encendida, estaban dando *Friends*. Se asustó al verme ahí, pero me dio un abrazo. Le traía flores y su libro, lleno de dibujos y algo de sangre. Al día siguiente era su cumpleaños.

—No sé cuándo te volviste tan trágica —le dije mientras la tapaba con mi suéter y la llevaba a la cama—. Feliz cumple —ella rio.

—Es mañana —me dijo—. Es de mala suerte celebrarlo antes.

Hicimos al amor. Varias veces. Como si acabáramos de empezar, de conocernos, de saber de nuestras pieles y nuestros corazones, que volvían a latir cerca. De pronto todo el tiempo se condensaba a ese momento sobre la cama grande, como si no hubiera pasado alguno. Volvimos a reírnos, ella volvió a hacer unos de nuestros chistes favoritos. Le gustaba actuar los agradecimientos de los premios Óscar. Nos daba mucha risa. Imitaba a Tom Hanks cuando ganó por *Philadelphia*, me daba un beso como el que él le daba a su esposa, y se paraba en la punta de la cama y daba su discurso al borde de las lágrimas, tartamudeando, y luego cantaba a Bruce Springsteen. O a Sophia Loren: se acomodaba las tetas y gritaba Robertoooo y luego hacía de Benigni corriendo por la habitación subiéndose a los muebles y a las sillas. O a veces agarraba mi pene hasta ponerlo duro y, como si fuera un micrófono, hacía de la indígena que reemplazó a Marlon Brando cuando ganó el premio por *El Padrino*. Se estiraba el pelo y empezaba a declamar, lánguida, bella: *Hello. My name is Sacheen Littlefeather. I'm Apache and I am president of the National Native American Affirmative Image Committee. I'm repre-*

senting Marlon Brando this evening and he has asked
me to tell you in a very long speech...

Pero era otro día otra vez, y sentí que debía pedir perdón por tanto amor y tanta risa. Nos miramos como avergonzados, más pequeños y tímidos, como quien se asoma a un umbral sonrojado, acaso pidiendo permiso. Permiso para meterse en esta mañana que empieza lagañosa, llena de preguntas y con toda la lluvia del verano. Permiso para mirarnos, espiarnos, acaso creyendo volar juntos al mar. Mirarnos de frente, sonreír y decir Hola. Hola.

¿Y cómo me vas a decir Hola?, dirás, harta de estar harta de este reaparecido sin paraguas, que impune, ansioso, diferido, te besa ahora desde el tamaño de un océano de palabras vacías y canciones. De reencontrarnos en la nada, de ser noche de primavera, de extender los huesos de la mano, de acariciarte el olvido, porque ambos sabemos olvidar pero no lo hacemos. Sabés el mal de las cosas, lo mal hecho de estos tiempos, del peso de mis leyes, de tu cuello y mi pellejo.

Viejo de despedidas, cercado en ruedos infractores sin elegancia, plantando cara a esta cama que me tiene arrinconado, pero soy fuerte y doy golpes de memoria, como un boxeador que le pega a una bolsa vieja y descuerada, como su cara en el espejo.

Parados frente a frente, desnudos, te nombro como se pronuncia la palabra mar por primera vez después de un silencio obligado. Como se dice perro. Como se dice agua. Como se siente el agua. La que bebo, la del mar, la de la lluvia. La de tu cuerpo. Tu nombre se oye como se oye el ruido de las olas y de los días. Oigo tu nombre, que me resuena entre la arena y las nubes de nuestra habitación, entre las ilusiones que vuelan cansinas pero aún con algo de garbo.

Puedo decirte muchas cosas, si hace falta. Incluso callar en aras del buen gusto. Ahora solo te digo Hola. Tímido y empequeñecido. Sabrás entender, uno siempre abusa con tus entendimientos, de lo sobreentendido. También te digo que te amo, Mía, te abrazo, te digo Feliz cumpleaños. Tú me callás.

—Dejate de joder, Mike. Regalame algo de verdad. Traeme a ese viejo de mierda.

Parte tres

XVIII

Con sus dedos delgados y largos, Eugenio abre los pliegues de la persiana del ventanal de su casa y mira desde las sombras el panorama que ha quedado en la calle. Observa atento durante unos dos o tres minutos, no más, y vuelve a sentarse en su sillón favorito. Se reclina como siempre lo hace: con cierta parsimonia. Estira el brazo izquierdo para cambiar la estación de radio. Pasa por varias sintonías hasta quedarse en una que pone la música que a él le gusta, unos boleros viejos y tristes. Baja el volumen. Le basta un leve murmullo en medio de la oscuridad de la sala para apagar los gritos que intentan entrar desde el frente de la casa. El sol del mediodía no entra a la estancia, pero el calor es sofocante. Se sirve agua en el pequeño vaso que siempre tiene en la mesa. La bebe lento, intentando sentir cada gota que entra por su garganta irritada. Todo está seco. El agua lo refresca. Luego acomoda el vasito vacío en la mesa y vuelve a buscar el volumen de la radio. Lo sube apenas un poco. Aprieta un pañuelo entre las manos, las apoya sobre su estómago, y cierra los ojos.

Del otro lado, en otra mesa pequeña destinada a las flores blancas, ha puesto un pequeño ventilador que ahora gira de izquierda a derecha, de derecha a izquierda, e intenta con el ruido acompasado, casi al ritmo de la música, desprender un aire inútil que no alcanza a mitigar el calor.

Al cabo de un rato, cuando despierta de la siesta, se levanta de a poco y piensa lo que piensa desde hace tiempo: que todo lo hace lento a esta edad. No le hace gracia ese pensamiento, pero tampoco lo inmuta. Vuelve a mirar por la ventana. Ya se han ido. Por fin. Ahora solo queda una patrulla estacionada con las luces en el techo que giran, pero con la sirena callada. El sol sigue siendo bravo este verano y está secando las plantas, piensa. Hay que regar más el césped, que ya casi ni es verde. Muy marrón. Mira el ciprés que plantó hace tantos años y que ha resistido siempre tan bien el invierno y el abrasante verano, pero este año, no sé qué pasa, se dice, esta temporada está perdiendo demasiadas hojas y cambiando de color. Un ciprés sin agua. Hay que regarlo más. Tal vez haya una invasión de hormigas. Hay que hacer algo, se dice Eugenio. ¿Cuánto hace que nadie hace nada por estos árboles? Agua, al menos.

Cada vez que dice agua, piensa en agua, y una súbita y desesperante sed se apodera de su garganta. En ese momento uno de los policías se acerca y toca el timbre. El policía vio movimientos detrás de la cortina y se apuró a saber si todo está bien. Eugenio no abre. Lo ve por la mirilla de la puerta y ve una cara deforme por el efecto óptico del vidrio. Le hace gracia esa cara gigante y desproporcionada del policía, y esos finos bigotes que ya nadie usa. Recuerda que él mismo llevaba ese tipo de bigotes cuando volvió de París y lo usó durante décadas.

El hombre es alto, está prolijamente vestido y lleva un radio en la mano. Toca el timbre otra vez, y también golpea suave, aunque insistentemente, la puerta. Eugenio ve que se acercan dos guardias de la casa del embajador. Se dan la mano y se dicen algo entre ellos que Eugenio no logra escuchar. Hace el esfuerzo, pero la camaradería de los hombres al otro lado de la puerta le resulta inaccesible. Insiste en no abrir la puerta. Los hombres de la embajada se van y el policía vuelve a golpear la puerta. Toca el timbre. El otro policía le dice algo desde el coche. Cuando este se gira, Eugenio observa la venda que lleva en la oreja izquierda. Parece que le cortaron la oreja como a los perros.

En ese momento Eugenio recuerda, por un breve instante, a sus perros. Tuvo dos. Una dogo blanca, terrible, y otro que hubiera deseado que se parezca a él, un fino pastor alemán, negro y enorme, al que en muchos países llaman perro policía. Recuerda cuando lo operaron para cortarle las orejas, la infección que le vino luego por la inexperiencia del veterinario y el sacrificio al que tuvieron que someterlo. Se murió como se va a morir ese ciprés, piensa. Seco. Sin agua. De puro dolor. Se murió como tal vez yo muera, se dice Eugenio, que no le gusta pensar en la muerte.

El policía llama otra vez a la puerta. Toca el timbre, esta vez de manera más ruidosa, y según Eugenio, demasiado impertinente. El policía se acerca a una ranura de la puerta, y lo llama por su nombre completo: Doctor Eugenio Martín Martínez Guéret. ¿Está ahí? Eugenio regresa al centro de la sala, donde está su sillón, la mesa, el agua, las flores, el murmullo de la radio. A los pocos minutos, el hombre insiste tanto en que le abra —Sabemos que está allí, Doctor. ¿Está bien, Don Eugenio?— que Eugenio tiene que levantarse y abrir. Estoy bien, gracias. No, no es necesario que pasen. Todo está bien. Muchas gracias. El policía le da una tarjeta con su número de teléfono para que lo llame ante cualquier cosa. Llámeme cuando quiera, a cualquier hora, para lo que necesite. Estamos para cuidarlo. Mañana regresaremos a ver si está bien. Eugenio cerró la puerta respondiéndole con un gesto de cabeza que podría interpretarse como de agradecimiento. Rompe la tarjeta en varias partes y coloca cada trozo, uno arriba del otro, al lado del vaso de agua. Toma el vaso y bebe hasta la última gota. Se sienta y sube el volumen de la radio. Vuelve a dormirse.

Lo despierta el grito de unos niños. Se levanta para ver por la persiana. ¿Habrán regresado? No son los mismos de antes. Esta vez son niños pequeños, vecinos de alguna de las casas de la calle. Están contentos, corren de un lado a otro. Gritan demasiado. Como los otros, piensa. Observa a un niño disfrazado de soldado y a una niña disfrazada de soldado pero también de hada que corren frente a la casa y se disparan con unas pistolas de agua. Eugenio ve agua, mira el ciprés y piensa que ojalá le caigan algunas gotas. Ve agua, dice agua, piensa agua y siente cómo el cerebro da órdenes a su garganta para hacer bullir ese volcán de fuego que no lo deja en paz.

Los niños se mojan. Empapados, corren y gritan. La niña de falda de tules sobre el pantalón caqui se resbala en el mosaico de la acera, el mosaico europeo de la casa de Eugenio que destaca en toda la cuadra. La niña cae, y al caer, su cabeza choca contra una de las columnas de la verja de la casa. De pronto un charco de sangre rodea a la niña, que está en el suelo, dolorida y enojada. Eugenio no se altera. Ve la escena como ve las hojas del ciprés secándose, aunque con menos interés. La niña llora y el resto de los niños no saben qué hacer. Asustados, salen corriendo. Dejan a la niña gritando, mientras el charco de sangre llega al césped que también se va secando, poco a poco, por el intenso sol de este verano. La sangre no alcanza a regar el verde.

Eugenio nota, recién en ese momento, que hay unas pintadas sobre el mismo empedrado sobre el que ahora chorrea la sangre de la niña. Las pintadas dicen CÓMPLICE — ASESINO — MENTIRA, con una letra apurada, de color rojo, el mismo color de los tules del vestido y la sangre de la niña. Uno de los guardias corre a levantarla. Eugenio cierra la ventana y regresa, molesto por tantas interrupciones, a su sillón. La radio ha cambiado de programación, y ahora están pasando una ópera. Eugenio intenta recordar cuál es, pero ya no es muy conocedor de este estilo musical. Durante su juventud fue el experto del seminario. Pero ahora lo ha olvidado y no le interesa recordar. Supone, acaso solo por suponer, que es Donizetti. Cierra los ojos otra vez, pero los gemidos de la niña, la niña que está frente a la casa, asustada y desesperada y con la cabeza sangrante, en los brazos del guardia, no lo dejan dormir.

Se queda mirando fijo el ventilador. Piensa un poco en sus perros, sobre todo en el último, y por fin vuelve a dormirse.

Cuando está por atardecer, sale al jardín de atrás a comprobar que otra vez tampoco vinieron los colibríes. Mira al cielo. Observa que esta noche tal vez pueda llover. Más que nubes, son deseos. No estaría mal para que refresque, piensa. Ojalá llueva. Revisa que el néctar colgado del árbol grande y viejo esté fresco. Estira la soga a la que está atado y agarra el bebedero con esas dos manos que cada día tiemblan un poco más. Lo huele tan profundo como puede, y los pulmones se le llenan de ese espeso aroma dulce. Luego lo agita dando suaves círculos con la mano, como si fuera un vaso de whisky y pudiera hacer chocar los cubitos de hielo entre sí. Esa idea lo divierte, a pesar de que nunca fue un buen bebedor. Se lo acerca a la boca, lo huele una vez más, y bebe. Deja que el jugo denso y asqueroso entre lentamente por la boca, por la faringe llena de tumores y el esófago podrido hasta sentir cómo invaden y cubren el estómago. Bebe lento. Mientras bebe un trago demasiado largo, mira el cielo. Ni una nube. Los picaflores que no vienen. ¿Dónde se han metido, malditos pájaros?

El volcán de su garganta tampoco se sosiega.

XIX

Esta mañana Carlita llegó temprano, más temprano que de costumbre. Cada viernes, desde hace casi cinco años, llega puntual a las ocho y media de la mañana. Desde que se conocieron, no faltó ni un día. Cuando llega, Eugenio suele esperarla con el desayuno listo y luego se quedan toda la mañana en la habitación. Digieren rápido la comida comentando algunos hechos para nada importantes como el clima o las noticias mientras se preparan para los masajes y caricias que Carlita le dará mientras lo baña. Son largas horas sin apuro para poder pasar el día juntos.

Este viernes Carlita llegó más temprano, cuando estaba saliendo el sol. Un momento de la mañana de verano en el que se sumaba el bochorno húmedo de la noche con el calor de la madrugada. Llegó en un taxi. Bajó apresurada. Sudada. Es evidente que no ha dormido en toda la noche. Cuando va a entrar a la casa, observa con indignación las pintadas rojas en el suelo. Lee CÓMPLICE — ASESINO — MENTIRA. Pero más la enoja ver toda la fachada también escrita: CÁRCEL — MUERTE y, otra vez, ASESINO.

Lee rápido e intenta secarse el sudor de la frente con el puño del saco que también es rojo, ve las macetas y se da cuenta de que ya nadie las cuida con esmero. Ve las hojas secas tiradas entre los árboles, hojas que nadie ha recogido en días. La mancha de sangre.

Da pasos largos mientras busca las llaves en su bolso. Lee CÓMPLICE, ASESINO, CRIMINAL. Lee MUERTE y saca un manojo de llaves y sin mirar detecta la llave grande de la casa de Eugenio. Se enfurece, sube los breves escalones y abre la puerta. Cuando abre la puerta, el mundo cambia. El simple giro de la hoja de madera es la entrada a un mundo diferente donde no hay manchas en rojo, donde nadie escribe cárcel, ni hace calor y ni siquiera hay luz. Su pecho se agita por última vez y da un respiro largo y suave que la tranquiliza. Se acomoda el flequillo. Siente un poco frío el sudor que se seca una vez más. Guarda las llaves en el bolso y lo deja tirado en el primer sillón desacomodando con ese simple objeto el orden simétrico e impoluto de toda la estancia. Saluda. Dice Hola, buenos días. Pero nadie le responde. Eugenio está en la habitación a oscuras, aún no se ha levantado de la cama. Ella sube corriendo.

Eugenio está despierto, con la radio a bajo volumen. Se oye suave la melodía de laúd de Bach. Un preludio. Carlita lo saluda con cierta timidez. Quiere abrir las cortinas, pero él le dice que no. Le dice que no con un gesto de la mano. Ella se quita los lentes culo de botella y el saco, se desabrocha los botones de la camisa arrugada y los pone en una silla. Eugenio desaprueba el gesto de tirar la ropa, de no doblarla y acomodarla, pero no le dice nada. Carlita acaba de desnudarse y se mete en la cama.

Se quita sin ceremonia ni sensualidad la ropa. La deja tirada como tiradas están las hojas secas del jardín de la entrada. Es una ropa delicada, cara y lujosa, que cada tanto le compra Eugenio. Ahora está arrugada, la noche fue larga. Es una ropa bella, pero de otra época. Eugenio la encarga por teléfono a la costurera de siempre, que trae las telas de Francia y copia los modelos de las ropas de Vera. Cuando Carlita se acuesta a su lado, Eugenio quiere besarla, pero ella se niega. Ambos huelen a sudor. En silencio, uno al lado del otro se quedan mirando el juego de sombras que reflejan los pliegues de la cortina en el espejo.

A su manera, yacen. Mientras el día comienza a anunciarse por la ventana, las piernas tersas y suaves de ella envuelven los muslos flácidos del viejo. Él no se mueve, pero ella apoya su sexo enmarañado contra la piel vieja del hombre, presiona suavemente, se frota durante un rato y se duerme. A Eugenio no le molesta que sueñe con otra persona. Eugenio tiene muchos defectos y cualidades, pero no es ingenuo, ni mucho menos egoísta. Tampoco celoso. En un par de horas, la joven despierta sola en la cama. Eugenio ya ha desayunado y está en la bañera, en posición fetal, como un embrión protegido en su líquido amniótico. Puso agua tibia y algunos jabones con olor a jazmín. A Carlita le gusta el jazmín. A Vera también le gustaba el jazmín. Pero los dos saben, Vera también lo sabía, que a quien más le gustaba el jazmín era a la madre de Eugenio. El aroma las evoca y las trae aquí en el fresco y húmedo cuarto de baño de la casa grande donde el viejo hombre flota.

Carlita se mete al agua. Lo abraza y acaricia. La bañera es lo suficientemente grande para que los dos estén cómodos. Ella estira el brazo para alcanzar el pastillero de marfil que Eugenio tiene en la mesita de mármol de las toallas. El pastillero es una pequeña joya rusa del siglo pasado, que alguna vez fue un guardapelo y fue de Vera, una extraña pieza donde dos mujeres se miran y se tocan los pechos, inspirado probablemente en el famoso cuadro de la Escuela de Fontainebleau. Carla abre la cajita con cuidado y le da la pastilla azul a Eugenio, en la boca y con un beso. Ella se hunde de espaldas para sentir el pelo en el fondo del agua. Hay paz.

Pasan largo rato así. Luego le hace masajes sin apuro, lo masturba, se besan, hacen el amor durante todo el tiempo que dura el efecto del viagra. Deliran cuando se muerden los pechos. Los de ella son menuditos, casi inexistentes, como los de un muchacho. Como los de un soldado, piensa Eugenio. Ella clava sus dientes en los pezones de Eugenio. Él le tira el pelo con violencia, agarra fuerte su cabellera corta y rubia hasta hacerla gritar. Sobre todo tira de esos mechones teñidos de rosa que parece querer arrancar. La boca de Carlita es carnosa y experta con Eugenio. No tienen apuro. Pasan buen tiempo así. El viagra hizo todo lo que pudo y la respiración del hombre vuelve a ser pausada, casi mortecina. Pero allí se quedan, respirando cerca uno del otro, entre las aguas sucias de esperma, de orina, de sangre, de saliva.

Al cabo de un momento, Eugenio empieza con su taquicardia, luego se le baja la tensión. Siempre le pasa lo mismo, después de tantos juegos a los que Carlita jamás se niega. Es algo que siempre sucede, como el tiempo, y siempre le dice lo mismo a la chica: Un día de estos me vas a matar. Y ella le responde, siempre igual, cada viernes, desde hace años: Te prometo que así será.

Carlita lo calma, le da la otra pastilla que había en el guardapelo, una blanca, pequeñita, que lo tranquiliza. Carlita lo lleva a la cama. Le hace reiki durante largo rato. El año pasado él le ordenó que estudiara, que hiciera algún curso, de algo, de lo que sea. Y ella hizo un taller de reiki. A él le pareció bien. Ahora lo mima y lo besa. Se acuesta a su lado, aún desnuda. Eugenio acaricia con sus dedos viejos ese tatuaje indescifrable que lleva alrededor del ombligo y que no entiende. Dormitan un rato, hasta que el sopor traspasa las cortinas. Luego se levantan, ella le corta el pelo, le arregla las uñas de los pies y las de las manos. Le pone cremas y talcos. Lo viste, le arregla la camisa y le pone la corbata que él eligió la noche anterior. Le cierra el chaleco, le pone el saco y le da un último beso antes de salir del cuarto. Eugenio quita la tela que cubre el espejo y se observa.

Carlita va a la cocina, descongela la comida que dejó Azucena la semana anterior. Corta la carne con delicadeza, y la sirve con las verduras asadas. Abre una botella de vino que Eugenio pidió que le subieran del sótano.

—¿Esta es de las caras?

—De las muy caras. Feliz cumpleaños —dice Eugenio con esfuerzo.

—Por fin dieciocho.

Comen y beben, casi en silencio, sin muchas palabras. Ella se nota contenta, y no puede dejar de moverse en la silla. No puedes quedarte quieta, le dice Eugenio. Ella se levanta y trae el diario que compró en la estación.

—Hoy te sacaron en el diario.

—A mí no, a ellos.

—Pero hay una foto tuya.

—Ese no soy yo.

—Bueno, sos vos hace treinta años, con ese bigote.

—Por eso, ese ya no soy yo. ¿Qué te dijo el médico?

—No hay arreglo. Me quedaré ciega en poco tiempo. En unos años.

Eugenio hizo silencio y siguió comiendo. Acabaron la botella. Trae el postre, le dijo. No hay postre, respondió ella. Busqué y no hay nada. A Azucena se le habrá olvidado.

—Estoy harto de esa mujer —dijo él.

—¿Por qué no hay nadie? ¿Dónde están?

—Ayer se fueron todos.

Pasaron el resto de la tarde sentados juntos en el sillón, escuchando algunos programas de radio. Cuando Eugenio se dormía, ella aprovechaba para levantarse y mirar por la ventana. A ella le daba miedo que volvieran. Volvió a ver la mancha de sangre, pero no comentó nada.

A media tarde llegó el mismo policía de ayer. Otra vez lo mismo, que si estaba bien Don Eugenio. Él le dijo que sí, pero que no podía abrir, pero que estaba bien, que no se preocupara. Que muchas gracias. Le dijo a Carlita que no se asomara. No dude en llamarme, Don Eugenio.

A las seis y media llevó a Carlita al jardín del fondo. Le contó que hace días que no venían los colibríes. No sé por qué será. Se acercaron hasta el bebedero. Eugenio lo tomó entre las manos y le dio a Carlita para que probara. Ella no quiso pero él la obligó. Ella tomó un trago del líquido e inmediatamente vomitó. Qué asco. Regresaron a la casa. Eugenio sacó el dinero de uno de los libros de la biblioteca y se lo dio. Nunca era la misma cantidad, pero siempre era mucho. Ella quiso darle un beso, pero Eugenio se negó.

—Me gusta verte —le dijo ella.

—Pronto ya no me verás.

—Es verdad, pronto estaré ciega.

—Y yo muerto.

XX

Cuando Carla sale de la casa de Eugenio y hace unas cuadras en el taxi, se da cuenta de que olvidó el abrigo y pide regresar. Un par de cuadras antes, le dice al chofer que la deje ahí, le paga, el tipo dice que no tiene cambio y se queda con el vuelto. Ella camina las calles cercanas a la casa de Eugenio; nunca las había visto con tanto detenimiento, ve la gente que pasa, los coches, la cantidad de policías y hombres de seguridad que la miran ya sin sospecha, porque saben que trabaja en la casa del Doctor Martínez, así que la dejan ir de un lado a otro sin molestarla, y ahora ella va a comprar unas flores en el puesto de la esquina, donde atiende una señora que es famosa porque se da golpes en la cabeza cuando habla, o se chupa el dedo cuando escucha. Carla le pide un ramo de gardenias, de esas del bote verde, que se ven más bonitas. La señora es amable, solo que no puede evitar chuparse el dedo o golpearse o hacer cosas así. Al lado de la mujer está sentado sobre un balde al revés un hombre con una biblia en la mano, que le recuerda a su padre.

Mientras la señora le envuelve las flores, Carla recuerda a su padre, la noche que llegó a la casa y anunció que entraría a la iglesia evangélica Cristo Rey y comprendió que todo estaba perdido, que debía irse de esa casa.

Su madre solo intentó replicar que esa mañana se habían llevado algunas de las cosas embargadas: la tele, un mueble del comedor y su bicicleta roja. A él pareció no importarle demasiado y siguió relatando las ventajas que encontraba en los evangelistas, ventajas que no solo respondían al orden espiritual, sino mucho más allá, o diríamos acá, y que afectaban hasta lo económico. Habló de los vecinos de la esquina. La familia del ruso Muñi estaba en la lona y los de la iglesia lo habían ayudado, hasta le dieron la combi con la que ahora llevaba y traía al pastor Eduardo y de paso hacía algunas changuitas de vez en cuando. Era sabido que los esfuerzos del ruso para con la iglesia no fueron menores, pero qué iba a hacer su padre, recuerda que pensó Carlita aquella noche, mientras ahora agarra el ramo de gardenias, cuatro gardenias, qué iba a hacer su papá si no sabía hacer nada.

Esa noche su madre también se fue a dormir socorrida por los lexotaniles, porque desde hacía mucho tiempo sus nervios se columpiaban entre sollozos y un estado de duermevela. Casi no discutieron, y su madre dio muestras una vez más de su resignación cristiana, actitud que enorgullecería al propio pastor Eduardo. La radio a la noche era patética, recuerda Carlita, mientras camina y saluda a la florista y a su marido que lee la biblia y le trajo este momento a su memoria. No tiene comparación con la tele, la tele a esa hora es lo mejor que le puede pasar a una familia como esa.

Pero ya no teníamos tele. Esa última noche estaban los dos sentados alrededor de la mesa, en cuyo centro tenían un vetusto aparato de radio. Estaban en silencio, con un poco de frío. De manera irresoluta, él empezó a girar la perilla de las sintonías en busca de una emisora que pasara música, o hablaran de deportes. La mayoría no se escuchaban con nitidez y las frecuencias se iban perdiendo poco a poco. Probablemente se estarían agotando las pilas.

Ahora Carla no recuerda qué estación encontró, pero sí se recuerda que hablaban demasiado histérico para ser la hora que era. A esa hora la gente debería calmarse. Para colmo, su padre le subió el volumen. Tampoco en esto estuvo de acuerdo, pero no iba a poder decírselo. La radio decía que tras los saqueos a los supermercados en casi todas las ciudades y el desborde incontrolable de miles de personas, un grupito de militares intentaba otro golpe de estado. Ellos no tenían tele y podrían ir a robar una, como dicen que estaban haciendo en Rosario, que dicen que la gente entra a los supermercados y en vez de llevarse arroz o fideos, que es lo que se supone se tienen que llevar, se llevan botellas de whisky y televisores y radiograbadoras y cosas así.

Y Carla decidió salir, pero no salir a robar una tele, sino para irse, de una vez irse. El padre, nervioso, transpirando y tembloroso porque había dejado de tomar, volvía a sintonizar y desintonizar la enjerta de noticias. En ninguna radio hablaban de deportes, ni de Fórmula 1, ni nada que no sea la crisis política. Carla miraba y despreciaba sus ojos caídos al suelo, su nerviosismo mal encerrado, su modo de doblar la nuca. Había decidido no beber: dejar de tomar era uno de los primeros actos que daban fe de su conversión evangélica y cristiana. Por fin captó una radio adecuada, *su* radio adecuada, donde hablaban de la infinita misericordia de Dios, Nuestro Señor, e inmediatamente una orquesta moderna arrancaba con una canción que repetía un estribillo de escasos méritos creativos, pero con altas dosis de persuasión: Cristo me ama, Cristo me ama, Cristo me ama. Estos sí que son divertidos, no como los de la iglesia, dijo el padre. Ella justo pensaba en lo mismo. La única frase que el padre le dedica en la noche tiene que ver exactamente con lo que pasaba por su cabeza en ese momento. Sintió pavor, un miedo garrafal en coincidir con este hombre aunque sea en un simple y trivial comentario. Son una secta, lo contradijo. Así no se le canta a Dios. Él no respondió, sonrió atónito ante la radio, que volvía a perder la sintonía de vez en cuando.

Todo eso recuerda Carla cuando ve al hombre de la vendedora de flores leyendo la Biblia al lado de una radio. Paga el ramo de gardenias y camina a la casa de Eugenio, pero recuerda más de aquella mañana en la que salió de su casa y vio a su padre por última vez, tirado dormido sobre la mesa al lado de cajas de vino vacío y una radio que se estaba quedando sin pilas. Cuando él se despertó quiso tomarla con fuerza y no la dejaba irse. Olió su aliento y pensó que allí mismo la violaría. Nunca había sido violento ni con ella ni con su madre, pero todo era posible. Pudo darle un rodillazo en los testículos y salir corriendo. Salió caminando, corrió un par de cuadras, pero luego siguió su camino con tranquilidad.

Caminó muchas cuadras, y ahora que camina hacia la casa de Eugenio piensa que toda la vida se la pasó caminando la ciudad de noche. Pero ahora es diferente, huele a jazmines, tiene dinero en el bolso, lleva un ramo de flores blancas, preciosas, en la mano. Es su cumpleaños. Es mayor de edad. Un médico le dijo que se va a quedar ciega en unos años, pero a ella no le importa. Piensa que debería quedarse a vivir con Eugenio. Se lo va a proponer.

Cuando regresa a la casa de Eugenio se está haciendo de noche, saluda a uno de los guardias, abre y entra y le dice Eugenio, soy yo, Carla. Pero nadie responde. Ve su abrigo tirado en el sillón y la música que suena baja. Deja las flores sobre la mesa y sube al cuarto, pero tampoco está. Lo busca en el baño, lo llama, va habitación por habitación y desde el balcón de uno de los cuartos que da al patio, lo ve tirado junto al árbol de los colibríes, rodeado de estos pajaritos que le picaban la cara y tomaban el néctar de su boca.

Bajó las escaleras y corrió gritando, llamó a los policías pidiendo socorro y una ambulancia. Carla llora cuando llegan y luego suben el cuerpo de Eugenio a la camilla y lo amarran. Él abre los ojos y busca con la mano temblorosa la mano de Carla. Pero ella no lo toca, quita la mano, tal vez enojada y deja que se lo lleven al hospital.

Un policía le pregunta si no va a acompañar a Eugenio, pero ella le dice que no, le da sus llaves y le pide que lo cuide. El tipo insiste en que debe acompañarlo, a Eugenio al hospital o a él a la comisaría, pero ella sale corriendo, una vez más, bajo un cielo empeñado en anochecer, llorando, sin las flores y sin el abrigo.

Eugenio entra al hospital por la puerta de Emergencias. Va en posición fetal, inclinado hacia el lado derecho de su cuerpo, con las manos sobre las rodillas y el mentón prominente hacia el plexo, cubierto por unas sábanas blancas en las que rebota la luz clara y espectral de las lámparas del pasillo. Los camilleros no se apuran porque cuando el paciente es un viejo al borde de la muerte no hay mucho que hacer y prefieren ahorrar esfuerzos para una emergencia de verdad. Al lado suyo, una mujer en silla de ruedas entra insultando a todos y no deja que la familia la ayude. Los hijos adolescentes la ven con una mirada triste y cansada.

Eugenio está consciente y entreabre los ojos para ver los techos y las luces del hospital que pasan a cierta prisa. Cuando gira la cabeza hacia la gente que está esperando su turno, con la cabeza rota o con un tajo en el abdomen, o con una pierna quebrada, o a la misma mujer de la silla de ruedas, ve a un grupo de jóvenes inquietos parados en la esquina y se reconocen. Un grupo de cuatro o cinco chicos nerviosos, algunos llorando. Es el viejo hijo de puta, dice Julián. Eugenio ve que lo señalan y gritan. Abre más los ojos.

En ese momento me ve y yo lo veo, directamente a los ojos, esos ojos de cadáver vivo, esa mandíbula podrida, esa mirada deyecta, ese intento de sonrisa miserable y yo que lo quiero patear, tirarlo de la camilla, lo quiero agarrar de los hombros y matarlo a trompadas. ¿Será valiente esta vez? Los camilleros me sacan del medio, los demás me detienen y a Eugenio lo pasan, ahora sí corriendo, a Urgencias.

XXI

Eugenio recuerda su infancia. En este momento preciso en el que sus ojos comienzan a cerrarse, ve la lámpara del quirófano, los veinticinco focos que iluminan la sala desde la posición exacta de su cabeza, sabe perfecto que son veinticinco focos no porque alguien lo dijera, sino porque los cuenta, de uno en uno, o de a dos en dos o de cinco en cinco. Intenta calmar los nervios que súbitamente asaltan su cuerpo contándolos, cerrando los ojos o recordando una tarde de su niñez en el internado del Sagrado Corazón. Piensa en su padre, en su madre. Cuenta los focos.

Desearía que ahora sí, por fin ahora, lo tomaran de la mano y lo llevaran con ellos. Nunca en su vida había tenido esa sensación. Nunca se había permitido, sobre todo en los últimos ochenta años, desear que su madre o su padre lo tomaran de la mano. Pero si ahora los pudiera llamar, los llamaría. Pero cómo llamarlos, piensa, si cada vez le cuesta más hablar, de pronto está mudo, y la única manera de pedir un poco de agua, hacer un comentario o expresar el calor del verano o el olor de la lluvia es con un gesto seco, duro, un movimiento de la mano, un gesto con la cabeza. Nada de palabras, nada que salga de su garganta. ¿Cómo era su voz? Intenta recordar y no lo recuerda. Ha olvidado el sonido de su voz. ¿Se acordarán los demás? Ahora son solo gestos. Un gesto. Un gesto seco y duro, piensa, pero no tan seco y duro como el paladar que arde y que lo sumió en el silencio absoluto. No recuerda ahora qué fue lo último que dijo. No recuerda porque empieza a dormirse por la anestesia, pero no se duerme, igual intenta imaginar cuál, cuáles, habrán sido sus últimas palabras. Si al contrario de los muertos heroicos que solían dar junto al último suspiro una frase para la posteridad, él, Eugenio, al que nunca nadie jamás le reconoció todo lo que hizo por este país, todo lo que hizo, piensa y trata de recordar todo lo que hizo, pero ahora no recuerda eso, ni siquiera recuerda qué fue lo último que su voz pudo decir. Tampoco el sonido de su voz. No habría dicho nada memorable, piensa, acaso haya sido solo una queja de dolor, o pásame un vaso con agua, o cierra la ventana que entra mucho la luz.

Y después de esas últimas palabras, lo peor: seguir vivo. No vino la muerte, la muerte en brazos de la amada, como los héroes de las novelas que le gustaba leer a Vera. Piensa en la muerte, en la amada, y quiere pensar en Vera, pero solo recuerda a una Vera con la cara de su madre. O de la estatua de Calíope. Uno, dos, tres, cuatro… cuenta de nuevo los focos. Veintitrés, veinticuatro. Llega a veinticinco y vuelve a empezar: dos, cuatro, seis, ocho… Acaba y vuelve a contar, ahora agrupando los focos de cinco en cinco. No se duerme.

La anestesia ya debería haberlo tumbado, pero Eugenio recuerda con porfía, la conciencia se aferra a la memoria o al delirio, y así él intenta de alguna manera agarrarse a la conciencia de su memoria, a la realidad de los recuerdos, que luchan contra la química que lo obnubila. Recuerda, por ejemplo, una bicicleta. Su bicicleta. La bicicleta negra con esas cintas rojas que había puesto alrededor del manubrio. La bicicleta con la que por las tardes paseaba por los campos aledaños al Sagrado Corazón. Recuerda, y ve claramente, a ese niño que pedaleaba decidido hasta llegar a la barda. A la barda que estaba prohibida. Lejos se veía a los hombres segando el trigo en el verano. Este verano, el primero, el segundo, todos los veranos, en que se había quedado solo entre los grandes, porque todos los niños ya se habían ido de vacaciones con sus familias y él no, y el padre Manú le había enseñado a andar en bicicleta. Al segundo día de las lecciones le dijo que esa bici era suya, que se la regalaba. Eugenio preguntó si podía ponerle las cintas rojas alrededor del manubrio y ese cura, que era el más bueno con él en ese lugar, le dijo que sí. Que era suya. Que hiciera lo que quisiera.

Eugenio pasaba las tardes del verano andando en bicicleta. Recorría el campo, se iba hasta los límites de donde traía las fresas que le daban los colonos. Nunca pasaba el alambrado con púas. Eugenio solo conocía un portón de entrada y salida, que estaba custodiado por unos hombres de mala cara. En realidad el territorio del Sagrado Corazón tenía varias entradas y salidas, pero los visitantes y los alumnos solo conocían una. La del sauce en el camino, que era la referencia de todo mundo para poder llegar al seminario.

Eugenio entró a los seis años. Recuerda ahora ese día. Era un domingo y sabe ahora, lo supo entonces, lo supo siempre, qué domingo fue: el cuarto domingo sin ver a su madre. Así que ese domingo a la mañana, después de cuatro semanas sin ver a su madre, su padre lo llevó al Sagrado Corazón. Fueron al menos ocho horas por las carreteras de tierra. Caminos de tierra entre un paisaje verde de un campo enorme, infinito, vacío, lo que era un país sin nada en ese momento. Mirá todo lo que hay que hacer, dijo el padre cuando pasaron por un poblado de cuatro o cinco chozas con unos tipos y burros y vacas y niños que merodearon el coche cuando tuvo que frenar para echarle agua al motor. Al menos Eugenio, pensaba en ese momento, podía disfrutar no solo de una convivencia con su padre, sino también de un buen rato en el Ford T de la familia, al que nunca se le había permitido subir. Hasta hoy, el cuarto domingo sin su madre. Por donde pasaba el Ford bigotes llamaba la atención. En todo el país solo había tres de estos coches.

Pararon a comer en la estancia de unos gauchos, y cuando quiso preguntar algo sobre unos perros que merodeaban por ahí, su padre le hizo callar y no dejó de hablar en todo lo que quedaba del viaje. Cuando llegaron al Sagrado Corazón, Eugenio quiso tomar la mano de su papá para entrar juntos, pero este le dio un suave empujoncito en la espalda para que saludara al cura que fue a recibirlos. Tal vez fue la única vez que quiso tomar la mano de un mayor buscando algo de protección o cobijo. La última vez hasta ahora que está entre enfermeros y a punto de ser operado. El cura los saludó en francés. Era la lengua en la que Eugenio había aprendido a hablar con su madre, el idioma en el que cantaba con su mamá, al menos hasta hace cuatro domingos. Otro sacerdote se acercó para agarrar la pequeña maleta de Eugenio y este sí le dio la mano. Lo llevó hasta el primer piso para ayudarlo a instalarse en la enorme habitación donde viviría los próximos años.

Acomodó sus cosas debajo de la cama, se quitó el abrigo, lo dobló cuidadosamente y lo puso a los pies contra el barandal. Se quedó mirando la larga fila de literas, eran más de veinte, con abrigos no todos bien doblados y algunos zapatos que asomaban por debajo de los cubrecamas. Y no había nadie. No se oía nada. ¿Dónde estaban los demás? ¿Cómo eran los demás niños? ¿Tenían madre? ¿Padre? ¿Estaban abandonados? ¿Qué era esto? ¿Dónde estoy?

Sentado con las manos sobre las rodillas, se preguntaba cómo sería esta nueva vida que le esperaba. Pero él sabía que no todas las preguntas tenían respuestas. Le había preguntado muchas veces a su padre dónde estaba su madre, pero él nunca le respondió. Si bien la duda sobrevenía cada atardecer, Eugenio era una persona paciente y sabía que en cualquier momento su madre regresaría a la casa. Un tercer cura interrumpió su pensamiento y le dijo que debía bajar a cenar. También lo llevó de la mano. Cuando pasó por el rellano, vio que el coche de su padre ya se iba por el largo camino de la entrada. Levantaba polvo y se iba perdiendo en la nube de tierra. Nunca más volvió a verlo.

Ahora Eugenio quiere llorar, pero su cuerpo hace tiempo que ni suda ni llora ni babea. Además, piensa, por qué llorar ahora que están por sacarle unos cuantos tumores de la boca, por qué llorar ahora que uno, dos, tres, veinticinco focos lo enceguecen y una sustancia anestésica debería haberlo dormido hace un rato.

Ve a enfermeros y enfermeras que van y vienen y hablan de asuntos triviales. Eugenio quiere llorar pero tampoco ahora se lo puede permitir, mucho menos frente a estos idiotas que hablan de un viaje a Disney y de lo barato que está todo por allí.

No va a llorar por sus padres, mucho menos por su infancia, ni tampoco por los recuerdos. Recordar es de mal gusto, siempre dice Eugenio. Decía, porque ahora simplemente lo piensa, porque decir ya no dice más nada. No lloró esa tarde en la que su padre se fue del seminario sin despedirse, ni ninguna otra tarde.

XXII

Eugenio recuerda ahora que había dos maneras de llegar al Sagrado Corazón: por los caminos de tierra que unían algunos pueblos camperos, o en tren. En ambos casos había que llegar a Cardenillo, un pequeño pueblo con no más de veinte casas, sin escuela ni comisaría, pero con una capilla, un mesón y un prostíbulo en la esquina. Estas tres viviendas estaban una al lado de la otra, frente a una plaza sin nombre, con cuatro cipreses enanos y un mástil con la bandera despintada y vieja, que hacía a la vez de estación de tren.

Desde esta plaza, al lado de las vías, salía otro largo camino por el que transitaban caballos, algunos sulkies y carretas y los escasos coches que empezaban a recorrer la zona. En este pueblo nunca habían visto un coche a motor hasta que el padre de Eugenio pasó por allí camino al Sagrado Corazón para dejarlo. Por este camino, luego de una media hora de cabalgata, se llegaba a la intersección del sauce, ese extraño árbol llorón que alicaído y verde añoraba un río que ya no existía.

Al llegar al árbol, árbol tan famoso que le daba nombre al pueblo, porque Cardenillo no se llamaba solo así, sino que su denominación completa era Cardenillo del Sauce, ya podían verse unos pinos en fila que escondían o protegían el seminario, y dejaban ver a la decena de hombres que trabajan la tierra desde la mañana muy temprano. Entrando por el camino del sauce, se llegaba al edificio principal. Los niños solo veían el sauce cuando llegaba el verano y se iban por veinte días a sus casas. Y cuando regresaban después de esas vacaciones. Mientras vivían en el seminario, tenían prohibido andar por las hectáreas lejanas al edificio.

Solo Eugenio, en verano, cuando era el único niño ahí, se iba en la bicicleta hasta los bordes del campo. Una vez que entró a vivir al seminario, no volvió a su casa. El Sagrado Corazón se convirtió en su único hogar, y poco a poco, en su reino. Llegó dominando la lengua francesa, que al resto de los niños les costaba al menos un año o dos aprender. Al poco tiempo de estar allí, además del español y el francés, hablaba a la perfección el inglés y bastante bien el italiano y el alemán y ya era profesor de latín de los más críos. Pero su talento con los idiomas no era nada comparado con la maestría con la que manejaba las matemáticas. Además de todo esto, tenía una gran virtud para lo que le tocaba vivir: era un niño del que nadie sabía qué estaba pensando. Hablaba poco, pero cada vez que abría la boca era siempre para decir algo preciso e inteligente.

Nunca lloraba ni se quejaba de nada. No era como los otros niños, que se perdían en la melancolía o en la rebeldía de la edad. No eran muchos los que aguantaban todo el año ahí. Había los que sus padres recogían en verano y no regresaban.

Pero este mundo, el mundo de Eugenio, era un mundo perfecto para él.

Eugenio acataba las órdenes en silencio con absoluta naturalidad. No dudaba nunca. Él mismo, con ese cuerpo indio y robusto, era una mole estoica. Sus ojos verdes y transparentes no dejaban ver nada de su personalidad. Los curas lo pusieron a prueba más de una vez. Querían saber qué clase de hombre estaban criando. Algunas madrugadas de invierno, cuando el campo estaba completamente helado, sacaban a todos los alumnos a correr por el sembradío. Doscientos niños temblando de frío que debían correr una hora en medio del trigo recién sembrado y las escarchas.

Algunos caían a poco de empezar, otros acababan llorando o tirados en el suelo, con las extremidades entumecidas, al borde de un colapso, agitados, con los labios sangrando, llenos de dolor, implorando clemencia. El único que lograba dar la vuelta completa al campo era Eugenio. Regresaba trotando a los dormitorios, ante la mirada atónita de sus compañeros. Eran ciento noventa y nueve niños llorando, pidiendo salirse de ese infierno, esperando el desayuno para recobrar el calor y la dignidad. Eran ciento noventa y nueve niños que querían irse a sus casas, a alguna casa; y también estaba Eugenio. Eugenio, que ni siquiera dedicaba una mirada complaciente a los demás, sacaba la toalla de debajo de su cama, se secaba el sudor, se cambiaba la ropa y seguía con lo que tenía que hacer.

En ese momento llegaba uno de los celadores que le indicaba que ese día le tocaba lavar la ropa de todos. Uno de los niños quiso defender a Eugenio con una queja, pero este lo miró fijamente silenciándolo. Los demás niños sentían por él una mezcla de admiración y lástima, y el respeto que solo da el odio.

Eugenio bajó a la lavandería. Ya estaba amaneciendo. Y lavó doscientas veinte sotanas en el agua fría, helada, con un pedazo de jabón duro. Las lavó una y otra vez porque la sangre de los nudillos de sus manos las volvía a ensuciar. Las enjuagó y las colgó al sol. Recién en ese momento pudo regresar al edificio central. Cuando llegó al comedor, ya casi no había nada para desayunar. Le sirvieron un caldo y un pedazo de pan. Lo engulló con tesón pero sin bronca. Nunca se quejó. Sobre los dinteles de las puertas del salón había unas inscripciones que leían cada día, y esta vez sin levantar la vista recordó la que decía "El rigor es como un martillo: estalla la fragilidad del cristal pero templa el acero".

Correr a las cinco de la mañana, lavar la ropa, asistir a las misas y a las clases, arar el campo, ordeñar vacas, limpiar los salones, dar de comer a la caballeriza, rezar diez rosarios, comer solo un caldo y un pedazo de pan al día, dormir menos de cuatro horas. Y recibir severos latigazos si cualquiera de estas cosas las hacía de manera que no satisfacía a los superiores, lo que ocurría más de una vez.

Así lo tuvieron varios días, veintiocho para ser exactos. Los demás alumnos no sabían qué hacer con él, qué pensar de él. Por lo pronto preferían alejarse. Eugenio vivía solo en un mundo inhóspito e imposible. Él había decidido no cuestionar nada, acatar el martillo que templaría su acero. Este era un plan por parte de la dirección del seminario. No era un castigo, sino todo lo contrario. Un entrenamiento para los mejores, o para decirlo con mayor precisión, para *El* mejor. El arzobispado autorizaba estos ensayos en unos pocos centros del país. En el Sagrado Corazón se hacían cada cinco años. Todos los años intentaban encontrar a ese niño dotado al que podrían adiestrar en la más dura supervivencia. Hasta el Vaticano esperaba la noticia del pequeño hombre que pudiera superarlo todo.

Una vez, diez años antes de que Eugenio entrara al seminario, un niño murió de un infarto en plena prueba. El fantasma de ese niño sobrevolaba los cuartos y protagonizaba algunas de las más truculentas historias. Nunca nadie había superado los veinte días de rigurosa tortura, ni siquiera una semana. Nunca nadie, hasta que llegó Eugenio.

Fue un invierno duro en el campo, pero Eugenio pudo con eso. Una fuerza extraordinariamente inhumana habitaba en él. En definitiva, pensó más de una vez y piensa ahora mientras sus recuerdos luchan contra la anestesia, en definitiva fue solo un mes. O ni un mes, veintiocho días en noventa años. ¿Qué es eso? Eso no es nada.

Recuerda ahora que lo que vino después fue diferente, nada comparado con eso. Recuerda que a los doce años ya dormía en los dormitorios de los grandes. Nunca tuvo infancia, gracias a Dios, piensa. No soportaba la idea de la fragilidad infantil. Solo si tus padres piensan por ti, velan por ti, se preocupan por ti, puedes permitirte la debilidad de ser hijo. Él ya no lo era. Nunca lo fue. Su madre se había ido, o no sabe realmente qué pasó con ella, cuatro semanas antes de entrar al Sagrado. Su padre lo trajo en un viaje largo en coche, lo dejó con los curas y no volvió a saber de él. Eso no es infancia. Eso tampoco es un castigo, lo tenía claro. Era una bendición. Algo superior había decidido que así iba a ser su vida, que así empezaba de pronto una vida de adulto, de acero, de martillo, viendo a los demás niños como eso, como niños, como se ven las vacas o los caballos de los que no se podía esperar mucho. Había que limpiarlos, darles de comer, mantenerlos en buen estado para que las vacas pudieran dar leche, para que los caballos estuvieran fuertes para el arado, para el sulky, para que los niños fueran médicos. Eugenio no dependía de nada de eso. Había entendido a los seis, siete años, que su posición era otra. Que llorar era de vacas, de niños, de los cristales frágiles que se espantaban ante un martillo. Él ya comía con los sacerdotes y nunca jugaba con los niños de su edad. ¿Jugar?

XXIII

A los doce años Eugenio vivía plenamente con los curas, incluso compartía la habitación con dos de ellos, lejos de los niños de su edad. Tomaba clases especiales, y así como antes daba latín, ahora impartía clases de historia, matemáticas y álgebra. Era una eminencia en los Césares. Tenía doce años y era alumno y maestro. Participaba de las decisiones de los profesores y opinaba sobre la disciplina que debía impartirse en la casa.

Si un día tenía antojo de alguna comida en especial, los cocineros preparaban esa comida para todo el seminario. Vale aclarar que su conducta no era tirana ni altanera. Sus antojos gastronómicos no pasaban de un guiso de caracú y verduras con más zanahoria de lo habitual. No tenía una conducta ostentosa, ni caprichos. La vida monacal se adaptaba muy bien a su personalidad, y su personalidad al monasterio. Todos lo respetaban y lo admiraban. Desde el alumno recién llegado hasta el presbítero. Vivía enclaustrado en el seminario y era un príncipe sin título; y sin pedirlo, todo giraba a su alrededor.

Los domingos era el único día en el que Eugenio salía del Sagrado Corazón. Luego de la misa de las seis de la mañana, el director Jean-Marie y su diácono, el gordo Olivio, iban a dar misa a los dos pueblos más cercanos. Olivio manejaba una pick-up Chevrolet Champion. Eugenio los acompañaba en su papel de monaguillo. Al acabar la tercera misa del día, que era en el pueblo de Cardenillo del Sauce, los tres hombres eran agasajados con una buena comida en el mesón de al lado. Comían chorizos y guisados, quesos de la zona y el mejor vino posible. El vino era muy inferior al que acostumbraban en las comidas especiales del Sagrado, ya que estos eran enviados por el obispo de la Aquitania francesa, tío de Jean-Marie. Sin embargo bebían con gusto y agradecimiento lo que les servían los vecinos.

Eran queridos por la gente de los pueblos que visitaban y contaban con un respeto que trascendía la zona. Jean-Marie Rousset tenía contacto directo con el arzobispo e incluso con el Vaticano si así lo hubiera deseado, pero prefería dominar su reino terrenal sin perturbar a los demás, ni que perturbaran a los suyos.

El Sagrado Corazón era el lugar donde las familias pudientes del país enviaban a sus hijos. Desde muy niños se internaban en este claustro para egresar como hombres probos para los oficios militares, las leyes o, en el mejor de los casos, para el sacerdocio. El destino de todos podía ser inmarcesible, como decía en una de las puertas de las habitaciones: "Nuestro futuro será inmarcesible de la Mano del Creador y Su Sagrado Corazón".

El destino de estos niños y jóvenes estaba lleno de laureles, pero ninguno como el de Eugenio. Todos aseguraban que ese futuro estaría por encima del de todos. Lo repetían entre los pasillos unos y otros, tanto en este como en otros seminarios, que iban conociendo su fama. Incluso el propio director, una tarde en la capital, se lo había dicho al nuncio: este joven algún día puede ser el cardenal en Roma, y si no fuera porque es medio indio, podría ser Papa.

Eugenio era el monaguillo de las misas, tanto de las de cada día dentro del templo como las de las giras. *Mon petit servant d'autel, serviteur du Christ,* le decía el padre Jean-Marie cada vez que en la sacristía del templo mayor le ayudaba a colocarse el alba y el cíngulo. Eugenio no reaccionaba a la caricia en la cabeza con la que lo despeinaba, era un gesto de cariño y confianza al que respondía en silencio, yendo y viniendo del modesto placard de donde sacaba la casulla que él mismo había planchado la noche anterior. Todo era silencio en esa puesta en escena, que él veía como una obra de teatro magnífica y solemne, como de una ópera, que jamás había visto, pero que imaginaba cuando las oía a su pesar. Todo era así hasta salir a dar la misa, cuando él iba con el cirio en la mano, dando lentos pasos detrás del cura en riguroso protocolo.

El Sagrado Corazón contaba con dos templos, uno grande y de reluciente lujo para esta zona, donde se celebraban las misas los fines de semana, en fechas litúrgicas destacables y en los días de visitas. En el templo más modesto, el padre Olivio oficiaba tres veces al día durante la semana.

Los domingos al finalizar la misa, los esperaba un ritual tan ceremonioso como todos los demás, que para Eugenio era una parte más de la ópera, sin saber si decir un recitativo o un aria mayor. Luego de la comida en el mesón, los tres se iban a dormir la siesta a la casa de al lado. Allí, las mujeres del lugar les tenían preparado un camastro especial en el que podían recostarse varias personas. Les acomodaban unos almohadones persas demasiado extraños para ese pueblo, y servían a sus reverendísimos unos digestivos, a la vez que disipaban el ambiente con la música que salía de un paillard suizo que había llegado al fin del mundo.

En la oscuridad de la habitación, ellas se acostaban a sus lados y en una rigurosa ceremonia que todos conocían de memoria, iban desabrochando uno a uno los botones de las sotanas, las camisas, los pantalones. En menos de lo que acababa de girar el gramófono, todos estaban desnudos en la misma cama aunque cubiertos por unas mantas que ellas mismas habían tejido. Al sacerdote más viejo, el estimado Jean-Marie, le daba frío y siempre le dejaban los calcetines. Los acariciaban sin vehemencia, de manera lenta y protocolaria como eran ellos. Las mujeres eran las que intercambiaban de posturas, mientras que los tres hombres se mantenían erguidos y horizontales.

Eugenio, dotado de un miembro enorme, se convertía pronto en el centro neurálgico de la santa orgía. Las mujeres, que habían acabado demasiado rápido con los otros dos, los abandonaban cariñosamente a los costados de la cama y se apoderaban del sexo de Eugenio por el largo tiempo que él podía darles placer. Trepaban sobre él, lo cabalgaban suavemente, llenaban de sudor y humedad el cuarto y lo lamían entre todas confundiendo sus bocas mientras los otros dos miraban, aún excitados pero yacientes. Pasaban largo rato así, en ese amasijo de carnes jóvenes y duras, hasta que Eugenio acababa gimiendo como un animal, enloqueciendo con una furia absoluta todo el cuarto, como si algo sobrenatural explotara de su cuerpo y el de las mujeres que peleaban por acaparar entre sus pechos la mayor cantidad del semen de semejante animal. Al acabar, una de ellas se levantaba de la cama para preparar el agua caliente en el baño y los llevaba de a uno a la tina. Allí muchas veces Eugenio volvía a la carga y la tomaba en secreto y sin su permiso, asfixiándola contra la pared y penetrándola por atrás, tapándole la boca con fuerza para que no se oyeran sus gritos de dolor ni sus llantos y la mayoría de las veces las dejaba tiradas en la tina, sangrando y llenas de leche. Mientras, las otras meretrices ayudaban a vestir a los señores, preparaban el té y lo servían con masitas que todos ingerían amablemente. Luego de una conversación sobre el presidente Alvear o el clima, las mujeres acomodaban los objetos del cuarto y abrían las ventanas, por las que el aire fresco de la tarde se apoderaba de la pequeña casa.

Al rato el padre Jean-Marie les deba la bendición, rezaban todos un padrenuestro y salían. Los tres hombres volvían en la camioneta hasta el monasterio. Iban en silencio hasta el sauce. Cuando doblaban en la curva uno de ellos comentaba sobre el estado del trigo. Así era cada domingo. Cuando llegaban al Sagrado Corazón, ya todos estaban esperándolos para rezar el rosario de la noche en la biblioteca. El sacerdote mayor se sentaba en la cátedra episcopal ubicada en el centro del salón y comenzaba, con voz firme, clara, pura, con la oración.

Eugenio recuerda esos domingos en el Sauce y cree que va a tener una erección, o al menos saliva en la boca. Ninguna de las dos cosas sucede, pero por fin la anestesia lo está durmiendo. Lo último que oye es su respiración áspera pero tranquila conectada al oxígeno. Duerme profundo y no siente nada cuando los doctores abren la garganta con el bisturí, a la vez que limpian la sangre. Siete de los veinticinco focos iluminan directamente dentro de su garganta, cuando los médicos se disponen a extirpar los tumores. Están acostumbrados al cáncer, pero una de las enfermeras, la mayor, comenta, pensando que Eugenio no oye, que esto está podrido, demasiado podrido y que para qué les hacen perder el tiempo.

XXIV

La enfermera se arregla el mechón que escapa de la cofia. Lo hace en un gesto inconsciente pero determinado. Eugenio observa ese gesto y lo envidia. Eugenio envidia esa determinación vital de la muchacha. ¿Cómo se llama eso? ¿Cómo se llama la enfermera? Logra ver que el mechón es violeta y cuando cae observa que es demasiado largo para el resto de la cabellera, que además es rubia. La enfermera, cuyo nombre bordado en un bolsillo sobre el pecho izquierdo Eugenio no alcanza a leer, acomoda en una pequeña mesita varias cosas que no se distinguen pero que chocan entre sí, y provocan un filoso ruido de metales. Estos bisturís golpeándose sin querer cuando ella los acomoda sobresaltan los oídos de Eugenio que, innecesariamente, cada día funcionan mejor. Oye con precisión el delgado metal de un bisturí colisionar contra el otro y piensa, sin delirio, pero sí con fantasía, casi como un recuerdo, en los bordes de las espadas lamiéndose con furia, en una lucha eterna donde caen vencedoras y pesadas sobre la tierra, piensa en esas batallas que nunca le tocó pelear, con esas espadas, sueña, que braman como estas armas médicas contra los bordes de acero de una mesa al lado de la camilla.

Cuando Eugenio regresa del sonido de la guerra de un segundo, el mechón de la enfermera vuelve a salirse y ella lo toma entre los dedos y lo mete nuevamente. Otro gesto que, calcula Eugenio, realiza en dos segundos o menos. Con la otra mano toma una hebilla de su bolsillo y fija el pelo. Cuatro segundos, máximo, vuelve a contar Eugenio. Podría pensar en el mechón teñido de Carlita, pero no lo hace. De pronto entran dos enfermeros más, quejándose porque les han acortado las vacaciones.

—Y los días de la inundación, ¿qué? Todavía nos deben eso —comenta la enfermera del pelo rebelde y otro le contesta que se olvide de esos días, ya no los van a pagar. Resignada, sale a buscar más anestesia.

—Parece que no le hace nada. Sigue despierto.

Eugenio trata de no mover ni los ojos. Hablar no puede hablar, y ya son tantas las cosas que le han metido para que se duerma que el viejo no sabe cómo ayudar. Quiere dormir y no puede, quiere olvidar y sabe que es imposible. A diferencia de los recuerdos que lo asaltan desordenados y con virulencia, el líquido cae gota a gota desde la bomba del suero. Se vierte con demasiada lentitud en las venas. Demasiada lentitud, piensa Eugenio. Mira las gotas cómo caen, a un ritmo que a lo largo de sus ochenta años le parecería perfecto. El orden de la vida. El ritmo del tiempo. La gota que cae. La gota que cae. Los focos de la lámpara. Los veinticinco. La gota que cae. Los cálculos de Eugenio.

Eugenio mira la gota de la anestesia que cae lenta, precisa, elegante. Eugenio ve elegancia en el orden y en la precisión, la gota que cae detrás de otra gota, y entra a su cuerpo para que por fin pueda ceder y dormir, aplacar el dolor, el dolor de ahora y el que vendrá en unos minutos, cuando el filo del bisturí que domina el cirujano que lo descubre y lo odia le abra la garganta, le quite el volcán de su boca, le extirpe la furia de su silencio, le diga acaso que ya está todo tan podrido que ya no hay nada que hacer, como se lo han dicho otros en otros lados, pero ahora Eugenio mira esta gota, esta otra gota, y quiere cerrar los ojos, los cierra por momentos, pero algo lo tensa para que los vuelva a abrir y cuando los vuelve a abrir alcanza a ver la gota, que le recuerda uno de los grandes hitos de la humanidad: la tortura china.

Eugenio recuerda ahora la fascinación que sintió cuando descubrió este invento. Recuerda esas reuniones en París. Recuerda sus años en París. Pero sobre todo recuerda aquella noche en París. Recuerda todo lo que pasó esa noche, en la que conoció el método de la tortura china, y también conoció a Vera. Ahora que recuerda a Vera, cierra los ojos y sonríe. El enfermero entra al quirófano con más anestesia.

Recuerda Eugenio cuando lo mandaron a París. Ya había acabado Teología, Historia y Derecho con los sacerdotes del Sagrado Corazón, y estaba todo listo para su viaje a Roma, donde seguiría sus estudios, pero fue ahí cuando Eugenio, tantos años callado, firme pero callado, les dijo a los curas que él no iba a ir a Roma, que quería entrar a la Escuela Militar. Como nadie jamás le llevaría la contraria, Eugenio fue recogido al día siguiente por un teniente y un capellán en una camioneta parecida a la de su padre, y se despidió del seminario de la misma manera que había llegado.

Del seminario al cuartel, donde aprendió todo lo que se podía aprender de la guerra estando tan lejos de la guerra, así que luego de un tiempo de prodigioso rendimiento académico, y aprovechando las buenas relaciones del país con el régimen de Vichy, fue enviado a Francia.

Cuando Eugenio piensa en su París, intenta respirar profundo, lo más profundo que sus pulmones le permiten, que no es mucho, y está seguro, de eso sí está seguro, de poder recordar el olor de la calle donde vivía, de la habitación, de las sábanas de su cama, toda esa mezcla de alcohol, desinfectante, cal hirviente y el aroma que ahora huele en este hospital, el olor, insiste en que está seguro de ello, es el olor del descubrimiento de su juventud, del aroma que desprendía esa ciudad para evitar la podredumbre de la muerte, de la guerra. Se dice Eugenio que el olor de la guerra no es peor que esto.

Recuerda ese olor, el de la cal, del desinfectante, del fuerte aroma de esa tarde en la que bajó los tres pisos del edificio donde estaba su oficina y donde la señora de la limpieza, aquella que siempre lo miraba con desconfianza, había volcado por accidente un enorme balde con cal, demasiado fuerte, casi asfixiante.

—Pase con cuidado, sí, puede pisar —le dijo a Eugenio, que siguió a paso firme sin saludar, firmó el libro de los registros de entrada y salida y dejó las llaves en un cajón de la mesa del guardia.

Abrió la puerta con un poco de esfuerzo, una puerta pesada de una hoja de madera gruesa y unos vidrios siempre enclenques que volvían a temblar con el golpeteo del viento. Cuando salió a la calle, se dio cuenta de que esta tarde de verano había empezado a correr un viento tan frío como el del otoño, así que intentó caminar protegiéndose con el portafolios. Pero prefirió regresar por un abrigo, en la oficina tenía una casaca que había dejado allí hace un par de meses, y lo hizo contra el viento que azotaba la ribera del río. El guardia ya no lo dejó entrar. No insistió, era una norma establecida con rigor, y no valía la pena jugarse un favor por un abrigo, con lo caros que estaban los favores en 1942.

Así que apuró el paso para llegar a su cuarto. Se observó en el reflejo de unos cristales y se detuvo por un momento. Los zapatos en su negror reluciente, el corte del pantalón que caía perfecto sobre el talón, las líneas suaves de la camisa que le confeccionaba en Buenos Aires un sastre napolitano, porque allí estaban las mejores telas del mundo, los colores a tono sobre todo su cuerpo, observó Eugenio; él, que nunca había sido dado a la pretensión, a él, que le parecía una absoluta vulgaridad gustarse, se gustó. En el reflejo del cristal sobre la calle vacía y entre el viento de esa noche parisina, Eugenio miró por primera vez en muchos años sus ojos claros iguales a los de su madre, bordeados por los rasgos mapuches de su padre, sus pómulos oscuros y sobresalientes, sus labios gruesos que fueron estirándose para sonreír, sonreírse, hasta quedar helado ante lo que descubrió en el cristal al mirarlo en detalle, cuando vio sobre su propia garganta, tan acicalada y bien abrigada por el cuello de la camisa impoluto y almidonado, una rajadura en el cristal que parecía decapitarlo y rebanarlo en dos. Apartó la vista del detalle, y en la visión general Eugenio volvía a estar entero, enorme, y volvió a sonreír, sonreírse, cuando el viento sopló con más fuerza y una sirena lo sacudió de inmediato.

Siguió caminando y a su lado pasaban los camiones, uno a uno, ordenados juiciosamente en el tráfico, ni rápido ni veloces. Uno tras otro. Una larga fila de camiones con soldados del ejército francés. Eugenio los contó: uno, dos, quince, veintiocho… Algunos sonreían, pero la gran mayoría iban muy serios. Solo un par iban cantando, pero cuando vieron a Eugenio le hicieron la venia, con la palma hacia afuera, tal como se hace en este país.

Eugenio llegó a su edificio en menos de media hora. El portero no estaba y nadie más que él tenía las llaves. El olor allí también era de desinfectante. Lo que se ahorraba en las farolas se lo gastaban en líquidos para limpiar, pensó. Esperó casi una hora y observó cómo la gente iba y venía con premura, intentando llegar a casa o a algún refugio.

Cuando los militares desfilaban de esa manera, la gente no podía disimular ese nerviosismo que iba apoderándose de las calles.

Quiso entrar al café de la vuelta, allí donde lo llamaban "el argentino" y le decían que les enseñara a bailar el tango. Eugenio no sabía bailar el tango, le parecía algo de mariquitas, pero siempre era amable y a veces se inventaba historias de gauchos. Esta tarde el café estaba cerrado. ¿Dónde estaba la gente? ¿Dónde se estaban metiendo? Se preguntó Eugenio. Volvió a su casa, pero el portero no había regresado. Golpeó la puerta con insistencia y nadie le abrió. Tampoco había ningún vecino. ¿Y los niños jugando? ¿Los perros? ¿Dónde podría haberse metido esta gente, que no tiene otro lugar al que ir? Golpeó la puerta, llamó a los gritos al portero y a su esposa, pero nadie respondió. Cruzó la calle para observar los pisos de arriba, y en una ventana del tercer piso vio que en ese mismo momento una joven mujer cerraba las cortinas.

Volvió al portón, y por un hueco de la madera de las puertas llamó a madame Mariette. La llamó al menos tres veces, pero madame Mariette no respondió. Reconoció al cartero, que pasaba en bicicleta. Lo detuvo y se saludaron amablemente. Hace días que no hay nada para usted, le dijo el cartero. Bueno, ni para usted ni para nadie. Casi no hay cartas que entregar. ¿Lo puedo ayudar en algo?, le preguntó, pero Eugenio se quedó callado porque entendió que no tenía nada que decir. ¿Y este frío de julio? ¡Quién lo ha visto! Váyase a su casa, hoy no es noche de estar en la calle, dijo el cartero mientras subía a la bicicleta y comenzaba a pedalear.

El hombre se perdió en la esquina, y por ahí seguían pasando los camiones. Eugenio percibió que esta vez los vehículos iban en dirección contraria y llenos de gente. De pronto, por su calle también pasaron camiones y motos del ejército. No hacían ruido, no llevaban sirenas, solo el alboroto de los motores, pero a su paso inundaban el callejón con un silencio denso y oscuro. Oscura también se volvió la tarde, cuando el sol de julio se fue poniendo sin prisa. Eugenio, inmóvil, miraba los carros pasar y pudo comprender mejor cuando vio entre las capotas las caras de los detenidos. De pronto sonó otra sirena. Y un viento frío, otro, el mismo, lo hizo salir corriendo sin dirección fija.

XXV

Aún queda un poco de luz, el río se veía calmo bajo ese tono suave y mortecino de las nueve de la noche, pero también en verano llega la noche. Lo mismo pasa con el verano de la vida, piensa Eugenio, que, a pesar de la brisa amable de las mañanas, en cualquier momento puede colmarse de penumbras. En ese tiempo no se encendían las luces en París, las tinieblas lo cubrían todo. Dejó de sentir el frío. Era un joven atleta lleno de energía. Y el uniforme le daba el halo que lo protegía de cualquier inclemencia. Las sirenas insistían con romper en el cielo. Sonaban sin parar.

Un poco aturdido por el ruido caminó por la rue Humblot hasta Clodion, y por allí llegó a Les Amis, el café de la Place Dupleix. Este café recibía cada noche a funcionarios, diplomáticos y sobre todo militares. La ciudad estaba llena de militares, uniformados, o no. En esos días todos se sentían soldados. O iban a atacar, o iban a defenderse. Eugenio visitaba casi todas las noches al café. Allí se ponía al día con los enviados argentinos e intercambiaban impresiones con los alemanes sobre los franceses, mientras las prostitutas se sentaban en sus piernas. Les Amis era famoso por estar repleto de militares en el París tomado, por el mal pastís y por las buenas bocas de las que se hacían llamar *las verdaderas amigas*. Esa noche Les Amis estaba más lleno que de costumbre. No había mesas ni sillas disponibles. Las sirenas se habían detenido por un momento, pero de repente volvían a sonar, sin inmutar a los que estaban dentro. Parecía el único lugar con gente en todo París, además del Velódromo, que esa noche también iba a llenarse.

Cuando Eugenio estaba por sentarse a la mesa de los alemanes, llegó uno de los que supuestamente era su superior, el Capitán Echenique, y al que Eugenio quiso saludar de forma marcial, pero este lo interrumpió:

—Relájese, hombre. Por una vez relájese. Que no le vamos a decir nada al presidente.

En realidad, si algo sabía el presidente de lo que pasaba en Francia, y sobre todo de lo que hacían los enviados argentinos allí, era por Eugenio, quien cada mañana se encargaba de enviar informes secretos de los funcionarios que estaban representando a la Argentina.

Los alemanes gritaban a unos franceses para que los acompañaran y apuraron al mozo para que les trajera otra botella. Hablaban indistintamente francés o alemán, pero Eugenio se mantenía callado, a pesar de que todo el tiempo le pedían su opinión. Él asentía o negaba con la cabeza, pretendiendo ser discreto. Estaba más pensativo que de costumbre. El tránsito de botellas era intenso, así como el de las amigas que se sentaban sobre el regazo de los militares y los acariciaban entre las piernas.

En un salón privado, cerca de los baños a la izquierda de la barra y detrás de una puerta decorada con unas musas abrazadas, proyectaban las películas que realizaba quien se hacía llamar monsieur Pignon. El propio Pignon, de típico mustache y siempre elegantemente vestido, desde los zapatos de punta hasta el bombín, daba la bienvenida a cada uno de los que pasaba al salón de las "amigas". Eugenio era un consentido de Pignon, y algunas veces, luego de probar la materia prima de su arte, se quedaban charlando hasta muy tarde de la técnica cinematográfica que el director dominaba y que a Eugenio le fascinaba. Cada detalle de la química, de la magia de la iluminación y los encuadres, parecían interesarle más que las modelos, las posturas y las breves historias que contaban. La mayoría de las veces eran películas de pocos minutos de un hombre, que siempre era el mismo y estaba la duda de si era Pignon o no, teniendo sexo con mujeres. También había largas películas de plano corto de una mano de mujer masturbando al hombre. Otras veces eran simples proyecciones de fotografías de mujeres desnudas. Muchas de ellas eran trabajadoras del café, buenas amigas de Pignon, que luego le presentaba a Eugenio: le recomiendo mucho las morenas, son mi fascinación. Y a la chinita.

Les Amis era una zona franca nunca declarada, aunque aceptada y celebrada por todos. Ahí era tal la libertad que las mujeres podían hablar de política, o incluso usar pantalones. Afuera no. Echenique bromeaba con ellas diciéndoles que haría que las multaran por llevar esa prenda, y ellas respondían con la frase ¿prefiere que me los quite, verdad? El sexo era un campo libre, las chicas por lo general podían elegir con quién acostarse, ya sea entre ellas o con cualquiera de los hombres. Aquí empezó a decirse eso de "Mi corazón es francés, mi culo es internacional", como luego se puso de moda.

Pero con los alemanes era diferente. No pedían permiso. Con ellos eran auténticas violaciones, y podían hacerlo sin ninguna protección. Una tras otras. Soportaban porque en un día les permitía ganar lo mismo que el estado francés daba de pensión mensual a las familias de los militares muertos.

—¡Esto es lo único bueno de Vichy! —gritaba Echenique.

Esta era la única libertad que los alemanes les habían dado a los franceses durante la Ocupación, pero solo en Les Amis. Los judíos eran el único problema, los únicos que no podían entrar ni aquí ni a ningún lado. "¿Problema? Problema para ellos", decía Echenique cada vez que alguien se atrevía a sacar el tema.

Él era un enviado del gobierno para controlar que se cumpliera la circular que habían recibido un par de años antes todos los embajadores y cónsules argentinos en Europa, aquella que prohibía dar visado a personas expulsadas en sus países de orígenes. Echenique, como enviado del presidente de Argentina, podría haber tenido sobre Eugenio alguna impronta, algún poder o darle ciertas órdenes, pero bastaba con que Eugenio entrara al café, se sentara en la mesa que hasta ese momento Echenique lideraba organizando los temas de conversación, convocando a las chicas y sobre todo pagando las cuentas, para que la discreción de Eugenio derivara la mesa hacia la seriedad y cierta solemnidad.

La primera vez que llegó al bar fue precisamente para poder informar al presidente sobre este hombre, pero ahora habían pasado los años y en Argentina los presidentes duraban menos que los canallas y la guerra en Europa iba a ser larga. Echenique seguía ahí, como supuesto jefe de una prole de militares y diplomáticos argentinos, y centinela de una cantidad de familias que habían quedado atrapadas con sus hijos, sus sirvientes, sus vacas en su viaje regular a Europa. Les cobraba un dineral para sacarlas lo antes posible de París, hacerlas bajar hasta Marsella y abordar un barco que los regresaba a Buenos Aires con sus familias, los sirvientes, pero ya sin el ganado.

Pero esa noche no era como las demás, una de las chicas del cuarto de las proyecciones salió a quejarse de que ningún hombre entraba. ¿Y los alemanes?, gritó. ¿Los alemanes dónde están? ¿No se habrán ido, no? Y los alemanes, que muchas de las noches eran los primeros, los segundos y los últimos para violarlas o hacerse masturbar en el cine improvisado, esta noche se debían más a la pulsión patriótica que a la sexual y preferían quedarse en el salón grande a brindar y celebrar a los valientes franceses que habían salido a las calles, por fin habían salido como se debía salir, valientes, decididos, orgullosos, por fin tomaban las calles a atrapar a las ratas, una por una, subirlas a los camiones, recorrer un distrito y otro más y todos los demás, así que los alemanes levantaban las copas que pagaba el argentino en honor al pueblo francés.

La noche fue larga y cuando Eugenio sintió que estaba mareado por los tragos, decidió regresar a la casa. Las mujeres intentaron retenerlo, y una le prometió *une bonne pipe* como la de la noche anterior, pero Eugenio sacó unos cuantos billetes e intentó convencerlas de quedarse a animar a los alemanes.

Caminó las calles de ese París noctámbulo en el más profundo de los silencios. Había miedo en la poca gente que estaba en la calle. La ciudad olía a terror. Cuando llegó a la casa, vio el portal un tanto abierto. No estaba la encargada, y antes de subir por las escaleras, miró hacia arriba y descubrió muchas de las puertas abiertas y restos de cosas tiradas por los escalones. Un saco, un cuaderno, un guante verde. Cosas así. De pronto oyó una fuerte respiración en el rellano de la escalera, unos pisos más arriba. Intentó subir sin hacer ruido, pero el silencio era tan aplastante que el latido del corazón, de cualquier corazón, podía aturdir a toda una ciudad.

Cuando llegó al cuarto piso sintió un viento afanoso que entró por una de las ventanas y fue en ese momento, el momento del viento, el momento en el que los corazones pueden aturdir a la ciudad entera, en el que la vio. Recuerda Eugenio ahora, ahora que las enfermeras siguen discutiendo por la paga extra que les deben de los días de la inundación de hace un año, recuerda ese viento pegándole en los cachetes enrojecidos por el alcohol, y esa mirada apareciendo tímida y asustada de entre sus brazos, de unos brazos flacos y lechosos que abrazaban unas rodillas ensangrentadas, recuerda esos ojos que lo miraron por primera vez, el miedo inyectado en cada milímetro en esa piel profundamente blanca, nívea, de Vera.

Ahora Eugenio quiere llorar, quiere perderse en el recuerdo de Vera, en el amor de Vera, en los ojos, las manos, la piel, la voz de Vera, pero van a operarlo y su cuerpo está ocupado en eso.

—Ayúdame —le dijo Vera esa noche.

—Ayúdame, Vera —dice Eugenio muchas décadas después, en este quirófano bajo unas luces que lo enceguecen como la nieve de su amada.

Eugenio le tendió la mano y la ayudó a incorporarse. La metió a su departamento, le dio abrigo y una sopa, y la dejó dormir en el diminuto sofá de la sala. La cubrió con una manta, una manta que era del Sagrado Corazón y que desde que se fue del seminario siempre llevaba consigo. Vera tiritaba aún y Eugenio encendió la pequeña caldera para calentar la habitación. Cuando fue a cerrar las ventanas, no recordaba que las hubiera dejado abiertas, o mejor dicho sabía que no las habría dejado abiertas, de ninguna manera él hubiera dejado abierta una ventana de su casa. Vio que el vidrio estaba roto, y otra vez observó su cabeza cercenada en el reflejo. Se agarró la garganta y sintió sed. Cerró la ventana con fuerza y fue por un vaso de agua. El agua del grifo salía sucia pero igual se la tomó. Ahora Eugenio recuerda esa sed porque lo van a degollar como en la imagen del vidrio y su garganta es un volcán, y ese fuego derretiría toda la nieve que era Vera y eso lo entristece aún más.

Vera llevaba un pequeño bolso y de este sobresalía un cuaderno que Eugenio sacó para leer en su cama. No había mucha luz, solo la que entraba por la ventana, la de la luna en el momento en el que las nubes despejaban, pero ahí Eugenio sintió un temblor en sus manos como nunca lo había sentido en su vida, como cuando se abre un regalo y adentro hay una emoción, un juguete, sin estrenar. Sintió que todo el camino de su casa al Sagrado Corazón, del seminario a la escuela militar, que la guerra en Europa, que la toma de París, que la noche llena de sirenas y de gente asustada porque iban a morir, que las largas noches con las mujeres, que ese súbito ardor en la garganta, que la sed de esta vida, todo tenía un sentido y una razón. Incluso lo sabe ahora, en este hospital, donde pide otra vez ayuda y nadie lo escucha.

Vera parecía dormir con placidez, y Eugenio se entregó al cuaderno. Primero se enamoró de esa caligrafía de una letra ínfima, redonda y acaso un tanto infantil. Luego de esta mujer a la que observaba dormir a unos metros. Eugenio sintió por primera vez en su vida el amor. Y no le tuvo miedo.

La tapa del cuaderno decía *Vera Rukavíshnikova, traductora*. Casi todas las páginas estaban escritas en párrafos apretados, pero perfectamente ordenados. Del lado izquierdo en ruso, en el derecho en francés. En la primera página podía leerse: *Instructions per le execution de le supplice de la goutte d'eau.*

XXVI

Qué asco, dice la enfermera y Eugenio la oye.
Le abrieron la garganta, le van a quitar los tumores y con ellos los pliegues vocales, lo que llaman
cuerdas, y vaciar toda la cavidad glótica; brota
sangre putrefacta que unos limpian con cuidado
mientras otros siguen metiendo unos escalpelos
diminutos y unas pistolas de láser para quemar
los tejidos. Y Eugenio sigue despierto. La anestesia
impide que le duela, pero él está con los ojos cerrados, para que no se pongan nerviosos los médicos, pero despierto. Cuando le clavaron el bisturí
la primera vez sintió como si fuera una picadura
fuerte, como la de una araña que no conoce, pero
luego ya no sintió nada. Huele, eso sí. Huele el
hedor asqueroso que sale del orificio que hicieron
en su cuello. Eso que le da asco a la enfermera y a
todos los demás.

Escucha que se piden herramientas, pásame
esto y lo otro, que se ríen con alguna broma, que
siguen hablando del viaje a Disney, de lo que les
deben de sueldo, de que pobre viejo no hay nada
que hacer, que no va a volver a hablar. Que para qué
insiste en vivir la gente.

—¿Pobre? Pobre nada. ¿Saben a quién estamos operando, no? —pregunta uno de los médicos.

—Sí, lo vi en las noticias.

—Viejo hijo de puta. Pasame más gasa.

Eugenio oye y quiere escupir pero no siente nada debajo de su mandíbula. Es como una flor abierta, de esas flores de pétalos grandes que le gustaban a Vera, esas flores rojas, de sangre, pero que ahora sí son de sangre podrida. Recuerda el collar que le había regalado a Vera el día de la boda. Tenía una flor de piedra roja que parecía pintada sobre ese cuello blanco de Vera y que se puso también el día que tomaron el barco para regresar a Argentina.

En una misma noche, en Francia, Eugenio había descubierto el amor y la tortura, y ahora volvía con todo eso orgulloso a su país. En una mano traía a una rusa, *su* rusa de la piel blanca y el collar de la flor roja en el cuello, y en la otra, una novedad que lo haría destacar nuevamente en la escuela militar, un método antiguo como la infamia del hombre, que en su país aún no se había utilizado con la precisión necesaria para hacerlo efectivo.

Algo que debía implementarse poco a poco, con cierto cuidado y elitismo, porque no será un suceso inmediato entre sus colegas como lo fue el descubrimiento que les había traído el comisario Lugones una década atrás, también de París, cuando llegó con la picana eléctrica. Ese sí era un método que se daba mejor entre los argentinos, violentos y ansiosos. La gota china de Eugenio era para personas meticulosas, disciplinadas, pacientes, porque, como decía Eugenio, ¿quién puede querer que esto se acabe tan rápido?

Vera y Eugenio vivieron dos años en París, donde él cumplía con sus obligaciones militares y diplomáticas mientras ella se ocupaba de traducir libros al francés, pero también en asistir a la chicas de Les Amis cada vez que necesitaban abortar, que era bastante seguido. Pero tiempo después de la Liberación, con otro nuevo cambio de gobierno, a Eugenio lo mandaron a llamar y tuvo que regresar a Buenos Aires.

A Vera, como a muchas de las francesas que se habían acostado con alemanes, quisieron obligarla a raparse. Se las acusaba de sospechosas y colaboradoras sentimentales, de "colaboración horizontal". Hubo treinta mil mujeres con la cabeza rapada y miles de ejecuciones sumarias. Para evitar esto, Eugenio y Vera se casaron en una ceremonia rápida en el obispado. Intercambiaron un par de regalos, él le dio un collar de piedra roja en forma de flor y ella un libro del siglo XIX sobre la otra pasión de Eugenio colibríes, *Histoire Naturelle des Oiseaux-Mouches*, y ahora ambos argentinos y con pasaportes diplomáticos, salieron de la ciudad, una tarde después de comer por última vez la kasha que ella cocinaba y que a él le fascinaba, dejando atrás esta ciudad que era de los dos y de nadie, o ahora sí de todos, esta ciudad que ahora brillaba bajo el sol fuerte y olía al cigarrillo que trajeron los estadounidenses y donde el jazz comenzaba a escucharse en cada esquina.

Antes de irse, Eugenio recibió reconocimiento y medallas del ejército francés. Un tiempo antes había recibido lo mismo de los alemanes por, entre otras cosas, haber donado, en nombre de su país, las partituras de la Marcha de San Lorenzo con la que los nazis entraron a París en 1940.

Partieron de Burdeos en un barco lleno de familias alemanas, rusas y polacas que llenaban los camarotes más baratos. A los pocos días de estar en el barco, una noche tranquila en la que dejaron de ver las costas de Europa sin saber si era Galicia o Portugal, Vera se embarazó.

Cuando el barco llegó a Brasil, en la noche de año nuevo, Vera sufrió una hemorragia que le costó el feto, además de una tuberculosis que la tuvo los días restantes que demoraron en llegar a Buenos Aires prácticamente sin comer y escupiendo sangre. Nunca Eugenio se preguntó cómo hubiera sido ese niño, cómo hubieran sido ellos como padres. Vera, él, el niño... pero ahora mismo que un médico dice Viejo hijo de puta mientras le limpia la sangre que sale de su garganta, se permite un sentimiento demasiado altisonante para su estilo y piensa en esa criatura que enfermó a Vera, que le quitó a su Vera, por lo que merece todo su odio.

En su ciudad, Eugenio fue recibido por generales, ministros y el arzobispo. Inmediatamente regresó a trabajar en los cuarteles y Vera fue internada en el hospital militar. Siguió enfermando día a día, mes con mes. Como si la salida de Francia la hubiera desahuciado, o el aire del mar o el calor de Sudamérica le hubieran robado el alma. Cada vez estaba peor, y ni los médicos podían predecir qué infección, qué depresión iba a impedirle ponerse de pie y andar por Buenos Aires. Estuvo casi diez años en una habitación sin lujos pero bien atendida, mientras su esposo viajaba, volvía a Francia, iba a Argelia, donde le insistía a los propios franceses del éxito que podía ser allí la tortura china, y lo fue, o se reunía en secreto, porque todo lo que hacía era secreto, con el Papa en el Vaticano. Pasaban los presidentes, los partidos, las dictaduras, el mundo cambiaba como jamás cambiaban el perfecto planchado del traje de Eugenio, ni su bigote, ni su disciplina, ni su semblanza, ni el amor por su mujer inválida, ni el poder de las resoluciones para que otros ejecutaran. Durante años, por las noches, luego de visitar a Vera en el hospital y llevarle flores, siempre rojas, paseaba con su perra, una dogo blanca enorme y fuerte, de esa raza creación argentina, una cazadora nata, violenta, que le gustaba lanzarla contra las personas que se cruzaban o contra otros perros. Recuerda ahora, y pretende sonreír, que una vez Pélain, así la había bautizado, una noche oscura y desierta destrozó a mordidas a un border collie perdido en el barrio.

Vera, Verachka, Verita, Verachkita, mi chiquita, mi fe, le decía Eugenio entre murmullos y besos en esas noches de hospital y lo repite ahora en este otro camastro de quirófano, Verachkita, mi verdad, ayúdame.

Vera murió en el verano de 1955, a los 34 años, recostada en un incómodo sillón militar y en silencio, mientras Eugenio le tomaba la mano y lloraba. Al cuerpo aún caliente le quitó la bata limpia y lo recostó desnudo sobre la cama. La besó durante largo rato y acarició sus pechos como la primera vez, y los lamió apasionado, mientras liberaba la erección entre sus piernas y terminaba para siempre la única concesión que Eugenio le dio en su vida al amor.

Eugenio se alejó del trabajo y consideró pedir el retiro. Sus colegas no lo dejaron, y lo convencieron de que viajara de vuelta a Francia por un tiempo. Solo lo hizo para llevar las cenizas de su mujer. Sin embargo, una vez que estuvo en París, no supo qué hacer con ellas. No sabía mucho de Vera. Solo sabía que de muy niña había venido a Francia desde Rusia, pero no supo, en ese momento se dio cuenta de que no sabía, dónde hubiera querido que tiraran sus cenizas en esta ciudad. Así que bajó hasta Aquitania y buscó una iglesia en Poitou-Charentes, de donde había salido el viejo cura Jean-Marie y de donde también era su madre. Cuando llegó al pueblo, no quedaban más que ruinas y no había capilla alguna. Regresó a la Argentina y fue directamente al viejo Sagrado Corazón, donde pidió enterrar a Vera bajo un árbol al lado de la iglesia, y una habitación para él, donde vivió los siguientes años leyendo, rezando y criando colibríes.

El Sagrado Corazón ya no era el seminario en el que él había estudiado. Ahora era un enorme edificio, no abandonado pero con poco mantenimiento, donde los curas hacían retiros y el ejército, los nuevos propietarios, practicaban algunos ejercicios de tiro de vez en cuando. Se guardaban máquinas agrícolas, un avión, dos tanques, armas, bombas. Los campos fueron pasando a otros dueños. Aún vivía Olivio, que cuidaba del lugar, vendía los frutos de los árboles, organizaba a los pocos empleados que quedaban y sobre todo cuidaba las tumbas de los demás curas. Y la de Vera. Y a Eugenio.

Alrededor del sepulcro de Vera, Eugenio organizó un jardín especial lleno de campanillas moradas, azaleas, monarcas, madreselvas, cipreses rojos y campanas de coral, intentando atraer a los colibríes, que acá llamaban también picaflores. Las plantas fueron sembradas en un riguroso sistema de florecimiento continuo para que siempre hubiera flores, así que los pájaros no tardaron en llegar. Con el florecimiento de los primeros tubos de néctar, las mañanas del Sagrado Corazón recobraban la vida de otros años, o tal vez una nueva, una que nunca tuvieron. Eugenio prohibió cualquier explosión o ruidos en los alrededores que pudieran espantar a sus amigos, y solo se oía el ruido de las alas de los pájaros.

Durante esa estancia, Eugenio escribió un manual de crianza y un amplio volumen sobre la historia del colibrí. Escribió cientos de páginas en los cuadernos de los curas. Tradujo a Etienne Mulsant, el autor del libro que le había regalado Vera el día del matrimonio, además de los tratados sobre estos pájaros que había escrito Máximo de Habsburgo, el que fue emperador de México, en su primer viaje a América y las crónicas portuguesas de descubrimiento de los *beijaflor* en Brasil. Todo lo publicó con el nombre de Vera: *Vera Rukavíshnikova, traductora.*

Años después, más de diez años después, dieron otro golpe, y ese golpe también llevaba su sello. Era hora de volver al trabajo.

—¿Cuánto crees que va a vivir? —preguntó la enfermera mientras el médico empezaba a coser la herida.

—No mucho —respondió el médico—. Tal vez un par de meses.

—Entonces no sé para qué trabajamos tanto.

—Para que sufra más.

Parte cuatro

XXVII

Tuvimos cuatro meses para por fin organizar el escrache a Eugenio. Durante mucho tiempo me acusaban de no querer hacerlo. Él era nuestro pez gordo, y yo era el anzuelo. Solo teniéndolo a él denunciado y en la cárcel acabaríamos de darle sentido a lo que nos habíamos propuesto hace cinco años, cuando empezamos la Lucha, en mayúsculas, en la universidad.

Entre la navidad y el año nuevo, Mía y yo la pasamos juntos en la casa de campo del Profe, que Pablo había hecho suya y desde donde operaba todo, porque pensaba que nuestro departamento era vigilado, ya que estaba cada vez más lleno de gente, incluso de algunos desconocidos que iban también para estudiar las materias que tenían que rendir. Sin paranoia, tampoco había Lucha posible.

Haríamos una marcha, convocaríamos a los medios, a ONG's, y si HIJOS, las Madres y las Abuelas querían, porque en el fondo esto también era para ellos. Además Pablo lo había diseñado todo como el acto de lanzamiento del Profe Gobernador, el Profesor Agustín Rojo. Estaba todo servido.

A mí me tocaba, entre diciembre y marzo, recuperar la confianza de Eugenio, y por eso simulé otra vez dolores de garganta, para poder volver con el oncólogo. Me hizo todo tipo de exámenes, y no vio nada malo. El tumor había desaparecido con la operación Barcelona. Allá sí que hacen buenos tratamientos, me decía todo el tiempo el doctor.

El primer día de mi regreso al consultorio, me encontré lo que quedaba de Eugenio con Carla, que lo había acompañado. Estaba deteriorado y parecía que habían pasado veinte años. Eugenio ya no era el hombre que había conocido. Ahora era poco más que una calavera andando. Cuando me vio entrar sonrió y me señaló con el dedo, que era puro hueso, como diciéndole a Carla es él, es él de quien te hablé. Es Mike. Quiso levantarse pero yo me acerqué apurado para darle un abrazo. Carla le puso el cárdigan marrón grueso sobre los hombros. Sonreía de verme, y hacía esfuerzos para decirme cualquier cosa, pero no le salía. Carla le decía que no se agitara, que se tranquilizara. Yo me senté a su izquierda y le tomé la mano. El cáncer es duro con los viejos, Mike. Se acobarda y no sabe dar la estocada final, me dice Eugenio. Acá me tiene desde hace cuántos años. Carla cuenta que en estos años a veces estuvieron mejor, a veces peor. Le conté que me había ido a Barcelona, que expuse en el Museo Picasso, que había vuelto porque mi hermano se había metido en problemas. Él asentía con la cabeza y me daba palmadas sobre la rodilla que estaba a su lado.

Así nos vimos cada martes de cada quince días, entre diciembre y marzo, excepto las dos semanas de vacaciones que se tomó el médico. Eugenio estaba en la etapa dura de las quimios y cada vez se veía peor. Muy de vez en cuando pude oírlo pronunciar alguna palabra. Carla siempre lo acompañaba.

Al final, como queriendo llamar a la mala suerte, a la tercera o cuarta vez que fui fingiendo que me dolía, en uno de los estudios salió algo raro otra vez en la laringe y el médico puso la alarma.

Mía y yo no vivíamos juntos, pero nos veíamos todo el tiempo. Nos costaba desatarnos el uno del otro. No le contaba casi nada de mis encuentros con Eugenio y menos de Carla. Tampoco le conté que el tratamiento que me estaban haciendo no era de mentira. Era de verdad porque habían encontrado algo que el médico quería eliminar pronto. Yo había vuelto a pintar y soñaba con tener una exposición propia, con mis cosas. Las mías, las que no son falsas. ¿Pero hay algo que no lo sea? Pensé en *mis* meninas de *mis* picassos en el Museo en Barcelona, el éxito que tuvo Mont con todo aquello, que incluso salió hasta en los noticieros de Argentina. Vi unas imágenes de la muestra en los diarios, y sentí orgullo y placer por mi más sofisticada y redituable mentira.

Ahora estaban mis cuadros nuevos. Tenía diez terminados y otros cinco en proceso. Quería llegar a veinte para ver si los podía exponer en algún lado. Estaban en mi casa, parados unos al lado de otro, y cuando los veía así, veía esa línea obsesiva al bermellón, de ese color que sentía que era más mío que ningún otro, el más auténtico y difícil, tan difícil de lograr que fue el único pomo que me llevé cuando me fui a Barcelona y que me traje de vuelta.

Llegó el jueves del escrache. Estaba planeado que al menos quinientas personas nos íbamos a parar frente a la casa de Eugenio, ahí entre las calles de las embajadas y cerca del parque. Quinientas personas en supuesto secreto estaban listas para denunciar y entregar al más salvaje ideólogo de los últimos regímenes. No había manera mejor de comenzar el siglo XXI.

Esa noche Mía y yo dormimos juntos. Quisimos hacer el amor pero no pude, así que nos conformamos con unos besos apurados. Despertamos nerviosos y esperamos a que Pablo pasara con la camioneta. A eso de las diez, partimos hacia la casa de Eugenio. Unas cinco cuadras antes, nos encontramos con todos los demás. Eran coches y camionetas, y gente de a pie, con banderas de Argentina y de Izquierda Unida, pero no éramos más de cuarenta personas. Fue decepcionante ver que de pronto nos habíamos quedado solos. Sin embargo, Mía instó a todos a seguir y a poner en marcha lo planeado. Un grupo empezó a repartir fotocopias con la cara de Eugenio, la que supuestamente era la cara actual de Eugenio, pero la verdad es que la enfermedad lo había transfigurado en otra cosa y no se parecía a nada. Pero no importa, nadie había visto al Eugenio de ahora más que yo, pero lo que valía era su nombre, apellido, dirección, y el sangriento currículum que cubría al menos cincuenta años de historia del país.

Asesino, nazi, amo y señor del centro clandestino de tortura Sagrado Corazón, secuestrador. Cómplice. Y otras quince cosas más. Era apabullante. Parecía imposible que hubiera habido alguien con tanto poder. Ya en la cuadra de su casa, empezaron a escribir con aerosol CÓMPLICE, ASESINO, y a gritar y cantar canciones que le prometían la cárcel, que Ni olvido ni perdón, que A dónde vayan los iremos a buscar.

Yo iba en la camioneta de atrás, como siempre, controlando la retaguardia o no sé qué, pero era el papel que me había dado Mía. Ella era la que llevaba la batuta, la que estaba al frente de todos, ahora de los treinta, cuando mucho, porque unos cuantos ya se habían ido antes de empezar, la que gritaba y daba órdenes, la que le decía a Pablo y al que quería ser gobernador qué debían hacer. La que llevaba el megáfono y empezaba las canciones que los demás coreaban. La que se paró frente a la casa de Eugenio, la que pintó la palabra ASESINO en la pared, frente al ciprés medio seco, la que levantaba el puño porque en ese gesto estaba cambiando el mundo.

Ahí estaba Mía, primera, al frente, cuando de la esquina aparecieron la montada y patrullas y camionetas de la policía y del ejército. Pero yo eso ya no lo vi. Una cuadra antes me bajé de la camioneta y empecé a correr. Solo Lucía me vio y alcanzó a decirme No podés ser tan hijo de puta, Mike. *Tan* hijo de puta. Ese apócope era lo que me diferenciaba de los demás.

Me escondí debajo de unos árboles a dos cuadras. Estaba asustado pero me sentía libre. El lugar estaba lleno de mosquitos que volaban sobre mis piernas, mi panza, se posaban en mi frente. Me aturdían cuando pasaban por mis orejas. Y era una amenaza como de armas o tiros que iban a matarme.

Pero los tiros empezaban frente a la casa de Eugenio, y aquí los mosquitos giraban lentos. Cuando éramos chicos los mosquitos eran rápidos, tan veloces que era imposible atraparlos. Ahora mismo un mosquito merodea mi nariz. Me pongo bizco al intentar seguirlo con la mirada. Hago un movimiento que no necesariamente es veloz, pero sí preciso y lo atrapo con la mano derecha. Siento la suavidad del insecto y lo aplasto, y noto cómo mis dedos, alguno de ellos, no sé cuál, lo aplasta. Por las dudas, ejerzo la misma presión, la misma fuerza con todos. Cierro el puño. Fuerte. Y cuando lo abro, ahí está el pobre animal, el resto de la sangre de otras personas entre las líneas de la vida de mi mano. ¿Será la sangre de la mujer aquella, gorda, que iba cruzando la calle? ¿O será esa niña molesta, que grita y grita hasta que su padre le da algo para jugar? ¿O de Lucía, de Eugenio, o de uno de los milicos? ¿O acaso es mi propia sangre, que chupó hace un breve momento de mi pierna? ¿Podrá ser la sangre de Mía? No sé de quién es esta sangre que ahora yace en mi mano sobre la línea de esta vida.

El mosquito está muerto. Lo maté. Todo es tan lento como el aleteo de estos bichos que seguro están enfermos de chupar sangre enferma, llena de glucosa, infecta, que los hace volar atontados, borrachos. Por eso un tipo como yo, un tipo que del miedo casi no tiene reflejos, que solo tiene memoria y una garganta herida y seca, puede atraparlo con un golpe de mano. Lo estrujo como si fuera un ser que merece mi desprecio absoluto. Recuerdo algo que estaba escrito en el libro de Mía: *uno solo puede elegir al enemigo del tamaño de su venganza.*

De pronto, la calle frente a la casa de Eugenio se convirtió en una batalla campal, o un fusilamiento con balas de goma. Los caballos entraron enfurecidos y estos policías y militares con esas ropas y esos cascos y esas armas eran las piezas del último partido de ajedrez que Eugenio podía mover escondido, como siempre, oculto, imperceptible, desde la oscuridad y el frescor de su casa.

Mía, Pablo, Lucía, todos los demás no se amilanaban e intentaban enfrentarlos, pero de pronto se dieron cuenta de que las balas no eran de goma y que sí, podían matar, como la que estalló de repente en el hombro de Mía, el hombro del lunar, ahí tan cerca de su cuello, que ahora estaba cubierto de sangre, mientras su cuerpo se quedaba tirado en medio de la calle entre palabras escritas con cal y aerosol rojo: CÁRCEL, MUERTE, ASESINO. MENTIRA.

Y su mochila tirada, con la boca abierta desde donde caían las hojas del libro, esas hojas con su letra hermosa de un lado y del otro mis dibujos falsos. Las palabras y los rayones que conformaban el libro de las mentiras, una tras otra, como espejos rotos, escapando de ese bolso tirado en el suelo, al lado de la sangre de Mía. El viento aún sacudía y daba algo de vida al pelo de una Mía inerte, lo movía frente a sus ojos cerrados, le abrazaba el cuello, y al mismo tiempo ese mismo viento esparcía por la calle las hojas llenas de mentiras, de verdades, que llegaban a la esquina o se elevaban hasta las copas de los árboles para caer moribundas en el pavimento. El libro de las mentiras, ese libro nuestro, o de nadie, se perdía para siempre en el aire, y sus cientos de hojas acabarían arrinconadas en las calles lejanas contra los charcos de agua de algún desagüe, borrando todo rastro de la historia de Mía y de Eugenio, de lo que quiso ser una venganza, un agradecimiento o una traición, o lo que es lo mismo, una declaración de amor.

Mía escribió la historia de Eugenio y de su madre, torturada en el Sagrado Corazón hasta que Eugenio la salvó. Se la llevó con él y la mantuvo encerrada durante años, hasta que un día la mandó a Europa, a vivir, a vivir otra vez.

Recogieron a Mía y la llevaron al hospital. Estuvo tres días en terapia intensiva. Me dijeron que lo último que pudo decir fue el nombre de Eugenio.

XXVIII

Esta mañana desperté a los gritos, buscando agua que calme mi boca. El ardor me iba ahogando y sentía cómo mi lengua se achicharraba. Oía el crujir de las brasas en mi boca, el aliento asqueroso, el desierto. Tomé la jarra de agua con las dos manos y bebí sin parar. Pero el agua no solo no calmaba la sed, el ardor, el llanto, sino que la propia garganta la repelía. Vomité rápidamente todo el líquido y la sangre ensució mis pies y salpicó el pijama.

La noche cubre todo, las ventanas muestran el cielo negro. No hay estrellas. Cierro los ojos, respiro fuerte expandiendo los músculos de la nariz. Siento que estoy perdiendo la cabeza sin poder abrir la boca, sacar la lengua, tragar saliva, hablar. No puedo emitir sonido. No puedo gritar ni murmurar. El silencio de mis labios, labios ahora rojos, hinchados a punto de hacer estallar la carne, estallará estruendoso en mi cabeza. ¿Qué pasó? ¿Por qué no puedo hablar? ¿Qué es lo que tengo para decir? Mía, hoy no puedo pronunciar tu nombre. Mía, estás muerta y no volveré a verte. Mía, quiero gritar.

Intentaré pintar, pero también es imposible. Pintar es una mentira, vos lo sabés mejor que nadie.

Anoche enterraron a Mía. Lo único bueno del cáncer son los calmantes y las drogas. Estuvimos todos en el funeral. Los del grupo y muchos estudiantes, periodistas y políticos. La madre de Mía nos culpaba a los gritos por la muerte de su hija. A mí, sobre todo. Pidió que me echaran de la sala velatoria, llamó a los policías y les pidió que me echaran. Saquen a ese perro de este lugar. A ese perro, dijo. Perro. Yo salí por propia voluntad. Algunos de los chicos vinieron conmigo, pero la mayoría se quedó ahí. Yo salí caminando y los aparté con el brazo. Caminé unos cuantos metros y me detuve en un semáforo de la plaza, donde vi cómo un coche casi atropella a un perro negro, medio rengo, que salió corriendo, asustado. Yo prendí un cigarrillo. El cigarrillo me incendió la lengua. Me lo aguanté todo. Fumé lento, hierático en el martirio.

El coche fúnebre salió con prisas, pero la cantidad de manifestantes lo retuvo en los primeros metros, entre los gritos contra la policía. Desde los balcones, la gente tiraba flores y durante unas cinco cuadras el paso de los vehículos fue a vuelta de rueda. En el segundo coche iba la madre de Mía, furiosa, insultando a todos los que aplaudían a su hija. En otro iba el Profesor, que se hacía fotografiar. Cuando la madre me vio, bajó la ventanilla oscura del coche, se quitó los lentes que cubrían la mitad de su cara y me miró con el odio profundo que solo una madre puede experimentar a la hora de enterrar a su hija asesinada.

Me miró y me gritó que yo era el culpable, el cómplice, que todo esto lo iba a pagar. Levantó el vidrio y pidió al chofer que avanzara más rápido.

Pasadas las cinco cuadras, el carro fúnebre y los demás coches negros que lo secundaban tomaron el puente a la derecha y llegaron a la carretera a toda velocidad. Llegarían al cementerio de Las Marías en menos de una hora. Allí, un amplio equipo de seguridad se encargaba que no entrara nadie más que la familia y los pocos invitados. Al profesor Rojo, que seguía haciendo campaña, no lo dejaron entrar. Metieron el ataúd de Mía en el panteón familiar, y cuando iban a ponerlo al lado del de su padre, su madre dijo que ese lugar era suyo, que pusieran a Mía en el de abajo.

Así acabó la historia de Mía. No tenía ni 25 años. Su foto, sonriente y siempre hermosa, salió durante varios días en los diarios y las revistas. En la facultad hicieron posters con su cara, pidiendo justicia. Fue, en las manifestaciones siguientes, el emblema principal del movimiento, que algunos seguían escribiendo en mayúsculas: Movimiento.

Pero al cabo de un mes ya no salía ni en la tele ni en los diarios. En la universidad reemplazaron sus posters por el de otro chico, también asesinado por la policía en otra violenta represión. La cara de Mía, siempre sonriente, siempre hermosa, cayó poco a poco de cada una de las paredes y de los árboles desde donde intentaba decirnos algo, arrastrada por el viento.

Ya nadie habla de Mía, nadie la recuerda y yo que quiero gritar su nombre, en esta noche oscura donde mi boca estalla en lava cancerígena, no puedo. Nunca más diré su nombre.

Escribir de Mía. ¿Cómo escribir de Mía? ¿Será posible recordarla una mañana? Hace nada, aquí mismo despertábamos y queríamos hacer el amor y nos besamos llenos de ese amor caduco, transparente pero fracturado en mil partes, como un cuadro cubista falso. Luego discutimos y ella se enojó conmigo. Discutimos y dijimos de no vernos más, de separarnos de una vez. Nos vimos por la tarde, en la manifestación, pero ya nos saludamos con frialdad. Esa mañana, dos mañanas atrás, estábamos vivos y algo felices aunque resignados, y peleando, porque pelear nos mantenía vivos. Esa mañana me habló como nunca, y se despidió para decirme algunas cosas que dolieron más que mi garganta.

Me dijo que yo era un egoísta, que no sabía mirar más allá de mí mismo. Que de qué manera íbamos a entendernos, si yo era tan ciego. Desaparecerme así, ir y volver como si esto fuera qué. No le pongas puertas al mar. No tires mensajes de esa manera, porque no los comprendo. Yo quiero paz. Vos no querés paz, me dijo Mía. No sabés lo que es la paz, me dijo Mía un día antes morir. La mera idea de vos, el solo pensar en vos, es lo que me hace enojar, me dijo.

Nos conocimos en una asamblea del Centro de Estudiantes de la facultad. Todo sucedió una noche de tormenta, en la que quedamos encerrados en un salón luego de un día de discusiones entre todos los delegados y fuimos a casa e hicimos el amor y vimos *El Padrino* y empezamos a vivir juntos a través de un huracán. Qué cosa rara el amor, ese barco entre brumas que transita algunas veces las aguas calmas, otras veces las turbulentas

246

tormentas, pero que nunca puede ceder al oleaje que lo hunde o lo deja arrumbado en la playa.

Quiero llorar ahora, evocarte de alguna manera, pero lo que recuerdo es esa noche, hace dos noches atrás, que llegué tarde y vos estabas viendo *Friends* en la tele, y yo rompí sin querer el jarrón verde, el de los colibríes tallados, que me habías traído de regalo de las sierras. Te enojaste. Me acusaste de ya no sé qué. No sé si te enojaste porque me había ido o porque había regresado. Fumabas. Recuerdo el dulce sabor a cigarrillo de tu boca. Y tu superioridad moral, Mía. Sentada así, altanera, con la taza de café en la mano. Sé que yo me iba achicando y achicando, encorvando sobre mi espalda, recogiendo los restos del jarrón verde. Veía tus zapatos, tu jean, tu suéter, el humo de tu cigarrillo.

Siento que lo perdí todo. Ya no hay una mano que extender a mi lado, que abrazar a la noche. Lo peor es que tampoco es el fin. Es el seguir, el comenzar de nuevo, de otra manera. Más solo, pero en definitiva siempre será así. Con el mismo ardor por dentro. Será otra vez acostumbrarme a los días sin vos y a toda la marea de la melancolía, el arrepentimiento sin razón del tiempo que ya se fue, como siempre, una vez más.

Cómo van a ser ahora los días sin todo esto, sin tus manos, ni esa boca, ni tus saltos en la madrugada, ni tu libro sobre mi panza cuando por fin te dormías. Ya pasó mucho tiempo, quiero decir que no pasó ni un día desde que te enterraron, y eso es mucho tiempo, Mía. Sin embargo tu figura se transformó en un ente constante sobre mi vida, que enjuicia, viva o muerta, y también, todo hay que decirlo, vela por mí. Una espina fuerte, hundida hasta el fondo. Ya qué me quedará. Olvidar es imposible.

Te fuiste, te fuiste enojándote y culpándome de mis partidas. No fue la primera vez, y aunque mi pregunta es ¿de qué soy culpable?, ¿qué es lo que hice?, intenté buscarte entre los pliegos de esta existencia mustia, en la esperanza de seguir juntos, de alguna manera juntos. ¿Pero acaso era yo el que tenía que hacerte feliz? ¿Eso esperabas de mí? ¿Eso es lo que alguien puede esperar del otro? ¿Tan poco?

Algo haces bien: no creerme.

En algo tienes razón: no tengo paz.

Pero levantaste la prohibición sin pedirme permiso ni darme consuelo para después. Seré un canto, un llanto, una piedra del sepulcro, una mancha de tinta, el ruido de la heladera en la cocina, la luz que se apaga en la habitación, la cama oscura. Y mojada. El ardor en la garganta.

Cuando volví a la casa, vi que la noche estaba tibia y liviana, como siempre. Solo faltabas vos. Abrir la puerta y querer llorar. Llorar de verdad o llorar de mentira. Recuerdo ahora esa teoría tuya, cuando me acusabas de no llorar nunca de verdad. Ni en una película ni cuando me leías en la cama, ni cuando hablabas de tu padre y llorabas y nos abrazábamos, o cuando empezabas a contar algo de lo que habías escrito en tu libro.

Llorar de mentira, vivir de mentira, creer de mentira, pero las cicatrices son de verdad, Mía. Esta, al menos. Y las de mi boca. Vos ibas con el libro de las mentiras de aquí para allá, lo tenías el día

248

que te mató el policía. Alguna vez lo ibas a acabar, siempre lo prometías. Escribir de mentira, Mía.

Mía, la muerte será como irnos de casa. Pero tranquila, Mía, que nada es para siempre, ni siquiera la muerte, a la que le teníamos tanto miedo. Pero ya llegó.

XXIX

Un par de semanas después fui a buscar a Rodrigo al reclusorio, donde ya solo dormía, porque el resto del día trabajaba en hospitales, entrenaba un equipo de básquet, la pasaba con su novia médica, tenía una vida de verdad. Cuando llegué me dijeron que ya había salido porque tenía un partido, pero que podrían llevarme hasta donde estaban jugando. En eso se acercó el policía que escribía cartas de amor y me dijo que él podía llevarme porque iba para allá.

Llamó a su compañero, diciéndole que tenían que llevar al hermano del Rodri porque no podía ir solo a esa zona. El comisario Marcelo, así se llamaba, me preguntó qué tal era yo para el básquet, porque podría sumarme al partido que iban a tener ahora. El otro policía, de nombre Juan y nariz enorme, flaco con pantalones de fajina y borceguíes negros gastados, me miró con desconfianza. Estás alto, fibroso, debes ser bueno.

Íbamos a buena velocidad en la camioneta azul que había sido de los bomberos. La gaveta de la puerta del copiloto estaba llena de revistas viejas, de crucigramas, una *Muy interesante* y una de viajes que hablaba de un paraíso que nosotros no veíamos en ningún lado. Juan había subido con su perro, que inmediatamente se durmió a sus pies entre latas de cervezas y una caja de pizza de algunas noches anteriores.

—Qué mugriento estás, Juan.

Íbamos a más de ochenta kilómetros por hora y eso creo que era el máximo que daba la camioneta. A media hora de la ciudad, entramos por unos caminos con una sola mano asfaltada. La camioneta levantaba polvo por todos lados, al ritmo de la música que ponía Juan en el radiocasete a todo volumen, una especie de salsa furiosa. Llegamos a un galpón, y ellos se bajaron a buscar sus ropas para jugar. Me preguntaron si yo iba a jugar, y antes que pudiera responder, Marcelo me tiró un uniforme que cayó al barro. Los dos salieron ya vestidos con olor a desodorante barato y unas cervezas.

Me puse una camiseta que me quedaba demasiado grande. Marcelo llevaba una roja con los números grandes en la espalda, y el nombre del equipo: MINISTERIO DE DIOS. La de Juan era azul y decía LAS MOJARRAS. La mía no decía nada y era de color verde gastado. Aún nos faltaba pasar por la casa de Paco, del que venían hablando en el camino. Cuando llegamos a la casa de Paco, Marcelo paró la camioneta y subió el volumen de la música. Este siempre nos hace esperar, dijo. Pero al cabo de cinco minutos Juan gritó Paco, Paco, y entonces salió la mujer con una escoba más alta que ella a decirnos que el Paco no estaba, que si no habíamos oído la sirena, que habían llamado los bomberos. ¿Algo muy grave, señora?, preguntó Marcelo y ella respondió Ni idea, sonaron cuatro veces y usted ya sabe, Uh, eso sí que no es nada bueno, agregó Juan mientras aceleraba la camioneta.

Marcelo alcanzó a saludar, pero no sé si ella lo vio porque desde ahí abajo tampoco se debe ver mucho. Yo vi cómo la señora espantaba con la escoba a un par de gatos que merodeaban por allí. Juan dijo que si Paco se había ido con los bomberos también se había ido Don Pepe, así que el equipo estaba incompleto. Juan estaba molesto y empezó a insultar y a golpear la camioneta, cagándose en Dios y en cuanta cosa se le pusiera en frente: Me cago en Dios, me cago en este puto pueblo, me cago en este campo, y así. Y ahora cómo mierda vamos a ganar si ni armamos equipo. Cuando agarramos la curva hacia la carretera, vimos el humo y la fila de coches y oímos las sirenas de los bomberos y las ambulancias, que a pesar del ruido no podían hacer nada. Otros que bye bye, dijo Marcelo, y se paró sobre el asiento para poder ver la escena. Allá abajo se veían tres coches totalmente quemados y uno tirado sobre el despeñadero.

—¿No nos tenemos que bajar?

—No, hoy estamos de franco.

Ahí está Paco, miren qué ridículo se ve tan chiquito y con ese casco, reían. Puso marcha atrás y nos fuimos subiendo el cerro por el otro camino, hasta que al cabo de unos veinte minutos llegamos a la cancha.

Al vernos, Rodrigo levantó la mano para saludarme. Me gustaba verlo así, dando instrucciones de aquí para allá y organizando el equipo. Juan y Marcelo estaban de nuevo de buen humor cuando se acercaron al grupo, bajando las estructuras y los aros que ellos mismos habían hecho en la penitenciaría. Juan cantaba esa de *Las tumbas son pa los muertos y de muerto no tengo ná.* Los aros no tenían ni siquiera dos metros. De pronto, uno de los jugadores de Rodrigo empezó a correr a toda velocidad por la cancha, de un lado a otro, encestando incluso en los aros de verdad. Y lo hacía con facilidad. Cuando corría de esa manera, ese viejo enano barbón parecía que tuviera más de un metro noventa.

—¡Te falta uno!

—El Paco está con los bomberos.

—¿Va a venir?

—No lo creo, se veían muchos muertos.

—¿Qué hacemos?

—Que entre el hermano de Rodrigo.

Excepto Juan y Marcelo, que jugaban uno en cada equipo, todos eran enanos. El equipo del Ministerio estaba completo, pero al otro, el de Juan, le faltaba uno. Así que entró el hijo del enano de barba, que con sus diez años era más alto que varios de los que estaban en la cancha. Los evangelistas estaban bien organizados, dirigidos por Rodrigo, todos pulcros con la ropa limpia, las botas relucientes, y antes de empezar el partido echaron una pequeña plegaria. Las Mojarras de Juan eran cuatro enanos y un niño que parecían borrachos resacosos, incluso el chico.

Un partido de básquet de enanos podría haber sido un centro de atracción por sí mismo en cualquier lugar, pero aquí no era nada novedoso. Nadie sabe explicar con exactitud quién fue el primero que llegó —algunos dicen que el viejo Raúl, el ex de la Gioconda, que huía de la policía, y huyendo de la policía volvió a irse—, pero la cuestión es que hoy había casi doscientos enanos en el pueblo, en un pueblo en el que no vivían más de mil personas. Todo el pueblo estaba bajo el liderazgo de esta mujer diminuta, la Gioconda. Enana, ex payasa de circo. La misma que manejando un coche del año, con minifalda y ropas ajustadas de cuero, y unas botas negras de tacones altos con cordones que le subían por las piernas, llegó al lugar. Me miró mal y le tuvieron que aclarar pronto que era el hermano de Rodrigo. Entonces así vino a darme la mano. Bienvenido a mi casa, me dijo.

Apuren que se viene el sol fuerte, gritó Juan lanzando la pelota para comenzar el partido. Él y Marcelo eran realmente muy buenos y harían una gran dupla como pivote y delantero si jugaran en el mismo equipo. También eran los más altos. Los únicos altos. En muy pocos minutos los del Ministerio iban ganando veinte a cero. Las Mojarras no sabían cómo tomar la delantera, hasta que uno de los evangelistas empujó al hijo del enano de barba, que acabó en el suelo y con un golpe en la frente. Nada grave, pero el niño se enojó, o se asustó, y ya no quiso jugar.

—¿Y si entra el hermano? No, de ninguna manera.

—Mejor sigamos con cuatro.

Por un momento el partido se puso parejo, incluso Las Mojarras tomaron la delantera, pero sobre el final del tercer cuarto los evangelistas volvieron a ganar, y finalmente ganaron.

Cuando acabaron se me acercó Rodrigo, lo felicité por el partido y le reclamé cómo no me había contado de este delirio que parecía salido de una película de Kusturica. Rodrigo se rio y me dijo que al verme se acordó que hoy teníamos lo nuestro, que perdonara que se había olvidado y si aún estábamos a tiempo.

—Claro que estamos a tiempo —le dije—. Tenemos todo el día.

Nos regresamos los dos solos en el auto de Rodrigo. Paramos a comer en una parrillada del camino.

—¿Estás seguro que lo querés hacer?

—Sí, Mike. No te preocupes. A mí no me cuesta nada.

Llegamos a la clínica donde agonizaba Eugenio. Yo estaba nervioso, pero Rodrigo no. Se puso su uniforme de enfermero, se bajó y entró por la puerta de la izquierda, de los trabajadores. Yo me quedé en el auto. Quise poner algo de música o intentar pensar en otra cosa. Pero no. No pude. No podía dejar de ver a Mía en todas partes, verme a mí en ella, desear su piel y sus ojos y su cuello y su lunar y su risa y sus palabras y su forma de mirarme de decirme cosas de recostar su cabeza sobre mi hombro de definirme de marcarme el sendero de hacerme lo que soy y lo que fui.

Se trataba de no lastimar a nadie. De vivir con la convicción de que estabas haciendo el bien. Se puede mirar a alguien a los ojos, apuntarle con un pistola, incluso dispararle y seguir convencido que le estabas haciendo un favor, que estabas haciendo el bien.

Rodrigo salió de la clínica en menos de media hora. Lo había hecho. Rápido, preciso, sin lastimar a nadie. A nadie más. Se iba quitando la cofia, la bata y lo demás mientras caminaba hacia el estacionamiento. Abrió el baúl y tiró toda la ropa. Se cambió las zapatillas y subió al auto. Listo, me dijo. Y arrancó. Salimos a la ruta y estuvimos en silencio durante un rato. En medio de la nada, se estacionó en la banquina y tiró todas las ropas de enfermero. Me mostró el celular que se había comprado.

—¿Dónde vamos?

—Vamos a la sierras.

—Gracias. Gracias otra vez.

—Esto no fue por vos. Fue por Mía.

XXX

Si no es posible matar a los muertos para poder seguir vivo, hay que sopesar seriamente la posibilidad de matarse con ellos. Además, uno no acaba nunca de enterrarlos.

La madrugada del aniversario de la muerte de Mía, de haber enterrado a Mía, de haberla entregado, salí a la costa muy temprano en el auto de Rodrigo, cuando todavía estaba oscuro. Manejé sin parar por casi cuatro horas. Ese día me desperté sin dolor en la boca, y la lengua parecía curada y lejos de cualquier infección. Pensé que sería un buen milagro para el último día. Las pesadillas no me dejaban en paz. Había sentido el horror de la noche insomne. Había sido tocado por la mano peluda de la desesperación que tomaba cualquier parte de mí, una mano, la camisa, una pierna, para tirar con fuerza y hacia abajo.

Eran días eternos, de ojos llorosos y alma encendida. Si el ardor de mi lengua, si la calentura de mi boca se había borrado esta noche, todo ese fuego no tardaría en reaparecer en el centro de mi pecho.

Iba manejando pensando en que había llegado al fin. Iba manejando pensando en mi vida, intentando resumir los momentos importantes de mi vida, pero cuatro horas de carretera son muchas vidas, porque los momentos finales se resumen en un minuto, o máximo dos.

Salí de casa sin nada, no busqué ropa ni documentos.

Es muy extraño este momento del suicida. Leí una vez que los suicidas suelen realizar tareas cotidianas antes del momento final: lavar los platos, acomodar la ropa, sacar la basura. Leí que muchos hacen eso. A veces los cuerpos de policía o quien descubre al muerto encuentran un panorama tan raro como el de una cabeza volada por una bala y las manchas de sangre en la pared, pero allá, en la cocina, el plato, los cubiertos y el vaso de la última cena, limpios y ordenados.

En la misma nota decían que no son muchos los que ordenan sus papeles, pagan alguna deuda o dejan una carta de despedida. Esos son los menos. A mí se me hace bastante lógico, porque creo yo que son cosas demasiado trascendentes. Demasiado vitales. Y con eso claro que no se puede, porque ahí está una de las principales razones del suicidio.

La cuestión es que yo no llevaba nada. Ni lavé los platos, y digo platos en plural porque se entiende que son los platos acumulados de varios días, no es que tuviera compañía para cenar. Aunque las últimas noches sí tuve compañía: Carla venía seguido y anoche vino y se quedó a dormir. Pero no cenó. Los platos son míos, de mi soledad. Pero no los lavé, ni acomodé ropa, ni los cuadros, ni pagué deudas ni escribí cartas, ni me despedí de Carla.

Cuando salí ella aún dormía profundo. No es la primera vez que se despierta y yo no estoy. En esos casos ella se levanta, se ducha, desayuna y toma por esas horas la casa como si fuera suya. Luego se va, no deja nota, ni besos en el espejo del baño, ni mensaje por ningún lado. Solo tiende la cama, nunca lava los platos, y ya.

Esta vez despertará y no me va a ver y eso no es nada inusual. Lo inusual es que en vez de irme a mi estudio me estoy yendo a suicidar.

Manejé cuatro horas sin parar hasta llegar a la playa. Fui a toda la velocidad que pude y a poco de llegar el auto se detuvo, fundido e inservible para siempre. Alcancé a meterme a una estación de servicio mientras el motor humeaba. Vinieron un par de empleados a decirme que el mecánico no estaba en ese momento, pero que regresaría como en dos horas, después de la comida. Les dije que no tenía apuro, ya que iba a suicidarme, y que les dejaba allí mismo el auto. A ellos les pareció bien.

Salí caminando hacia la playa. Era el mediodía, había un poco de sol y mucho viento. Había llovido toda la noche. El olor de la playa me dirigió hacia ella. Una media hora más o menos por unas calles en bajada hasta poder ver el primer médano. Me di cuenta de que me traía las llaves del coche, por lo que la farsa del mecánico no iba a funcionar. Otro asunto pedestre que no es posible considerar antes de suicidarse. Al menos se quedarán con el auto, pensé.

Cuando vi el mar, una profunda tristeza se apoderó de mí. Lloré durante un largo rato de manera desesperada y a los gritos. Quise, ahora sí, pensar en lo que había sido mi vida hasta ese momento, pero ninguna imagen vino a mí. Ni mis padres, ni Mía, ni Eugenio, ni Rodrigo. Quise pensar en ellos como los pilares de una existencia corta y maldita, amenazada en este momento no tanto por un cáncer que va carcomiendo mi lengua y mi boca poco a poco, sino por el deseo asfixiante de meterme en ese mar y ahogarme.

Cuando dejé de llorar, ya no sentía el ardor en el pecho como lo había sentido en la mañana. La lengua y la boca estaban frescas y con saliva normal, como hace años que no la tenía. Ya no había tristeza ni dolor físico. Solo la determinación de acabar con mi vida. Caminé por la arena pensando en cómo me iba a ahogar. Temía que si empezaba a caminar y tratar de meterme al mar por la playa algo iba a despertar en mí, un instinto o algo que me iba a regresar.

Vi a lo lejos unos pescadores. Caminé hasta ellos y les pedí que me alquilaran una de las lanchas, que quería sacar unas fotos a la ciudad desde el mar. Uno de ellos, el más gordo, me dijo que él me llevaría porque la lancha no me la podía dejar sola, y que eran mil pesos. Le di el dinero y subimos. Qué tan lejos quiere ir, me dijo. Hora y media está bien. Entonces son tres mil, dijo. No sé por qué dije que quería sacar fotos si no tenía ni siquiera una cámara. El gordo tampoco dijo nada al respecto. Él no me miraba. Cuando estábamos a mar abierto sentí que había llegado el momento de mi muerte. Miré al gordo y pensé que sería esta la última imagen que me llevaría antes de morir: un pescador gordo y viejo, con una camiseta de

Boca Juniors desgastada y llena de agujeros y la mirada clavada en cualquier punto del mar, escuchando una radio donde un locutor hablaba del precio del dólar.

Mía.

Estaba nervioso, pero había que hacerlo. Me temblaban las manos. Vi en el suelo de la lancha unos tornillos y unas llaves inglesas y unas pinzas. Me guardé todo en los bolsillos. Lo hice rápido, aunque temblando del susto. En los bolsillos tenía piedras que había recogido cerca de la playa y ahora estos tornillos y las llaves para ver si el peso podía ayudarme a hundirme. De pronto, en un acto instantáneo, me tiré al agua. El gordo ni miró.

Luego del impacto en el agua, sentí cómo mi cuerpo pesado bajaba con violencia. Pero eso no duró mucho. Al cabo de un rato, no sé si esto fueron cinco segundos o cinco minutos o cinco horas, sentí que mi cuerpo ya no se hundía y empezaba flotar. Quise hacer fuerzas con mis piernas, para ayudar a seguir hacia el fondo, el supuesto peso que llevaba en los bolsillos no servía de nada, pero en ese momento sentí como un ataque dentro de mi cabeza. Noté que no respiraba y que la sangre era como dinamita dentro de mi cuerpo. Estaba perdiendo la conciencia. Por fin iba a morir. No sé si pude o quise pensar en algo en esos momentos. La lengua comenzó nuevamente a arderme.

Mía.

Abrí la boca y sentí el sabor fresco pero asqueroso del agua de mar. No se veía nada. No oía nada más que la ebullición del oxígeno en mi cabeza. La cabeza iba a explotarme y yo empezaba a morirme.

En ese momento fue cuando vi que una luz desde el fondo del mar venía hacia mí. Es la muerte, me dije. Así dicen que es la muerte. Una luz. Recuerdo que logré pensar eso y sentir una emoción muy placentera. Es la muerte. Cuando la luz más se acercaba, vi que tenía brazos y que venía a abrazarme. Es mi madre que viene a buscarme. ¿O es Mía? Es Mía. Sentí felicidad de volver a ver a cualquiera de las dos. Quise mover mis brazos, pero nada de mi cuerpo respondió.

Y allí sentí el golpe, el impacto de la escafandra de un buzo que venía hacia arriba buscando la salida me impactó en la cabeza. El hombre que estaba de espaldas no me había visto, pero en ese momento me agarró fuertemente de la cintura. Allí abrí los ojos y recuerdo haber visto los suyos, asustados y desesperados.

Subió con fuerza hasta la superficie. No sé si eso duró un segundo o un minuto o una hora. Yo ya no sentía absolutamente nada. Ni la felicidad por la posibilidad de ver a mi madre o a Mía. Veía entre mi inconsciencia la luz del día que entraba al mar. El hombre hacía el esfuerzo de llevarme a la superficie. Salimos del agua. Él me sujetaba de la cintura. Intentaba ponerme algo de oxígeno, pero las aguas nos movían con demasiada violencia. Yo me desmayé. Él sacó una bengala y la disparó. Sentí el olor de la pólvora que entraba por mi nariz y me hizo toser. El ardor de siempre me despertó. Vi el fuego sobre nosotros. Me sentía débil pero podía flotar.

¿Cómo te llamas? Me preguntó el buzo. Quise hablar pero no pude. No pude decirle mi nombre.

El fuego estaba otra vez en mi boca. Cuando la abrí, él vio mi lengua podrida. La sal del mar volvió a arderme. La única respuesta que pude darle fue un abrazo fuerte, sin siquiera tener el cuidado de no hundirlo. Llegó una lancha, no sé si pasaron diez minutos, o cuántos. Me subieron. El pescador, uno de los compañeros del gordo, aceleró el motor y en poco tiempo estábamos en la playa. En un balde de plástico que se tambaleaba en el bote, vi un colibrí muerto.

Llegamos al paraje del buzo. Allí había una combi, donde me hicieron los primeros auxilios. Al rato ya me sentía mejor. Quise pararme, pero no pude. Aún estaba muy mareado. Una mujer entró a la camioneta por la puerta de atrás. Vi que llevaba el pelo ondulado y pintado de rojo en las puntas. Se acercó y me acarició la mejilla. Me miró a los ojos y con una sonrisa me dijo:

—Estás vivo.

—Estoy vivo —le respondí.

El libro de las mentiras de Gastón García Marinozzi
se terminó de imprimir en julio de 2018
en los talleres de
Impresora Tauro S.A. de C.V.
Av. Plutarco Elías Calles 396, col. Los Reyes,
Ciudad de México